戻り舟同心

長谷川 卓

祥伝社文庫

目次

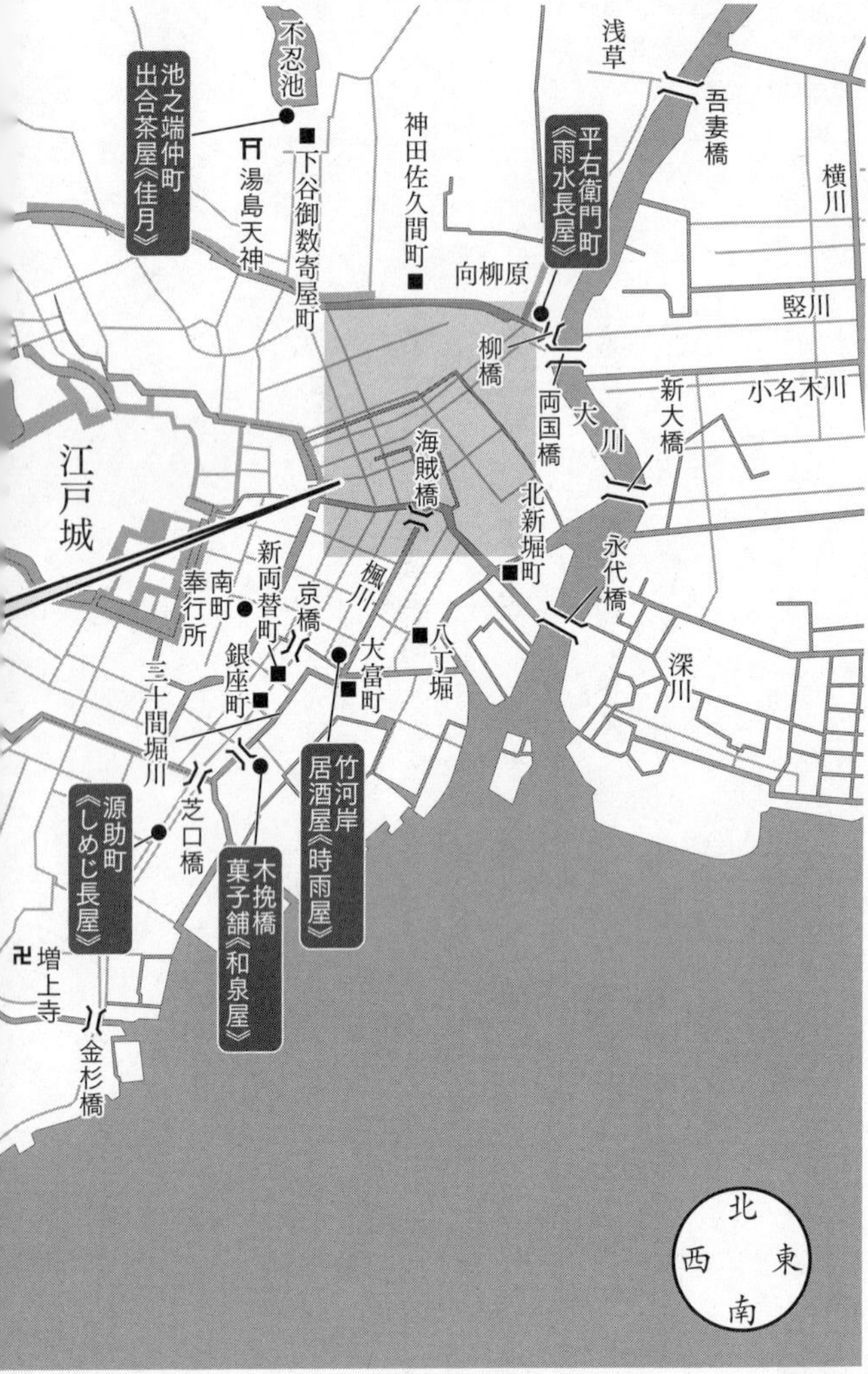

不忍池
池之端仲町
出合茶屋《佳月》
湯島天神
下谷御数寄屋町
神田佐久間町
浅草
吾妻橋
平右衛門町
《雨水長屋》
向柳原
横川
竪川
柳橋
両国橋
小名木川
新大橋
大川
江戸城
海賊橋
北新堀町
新両替町
南町
奉行所
京橋
楓川
永代橋
八丁堀
大富町
銀座町
深川
三十間堀川
竹河岸
居酒屋《時雨屋》
源助町
《しめじ長屋》
芝口橋
木挽橋
菓子舗《和泉屋》
増上寺
金杉橋
北
西
東
南

「戻り舟同心」の舞台

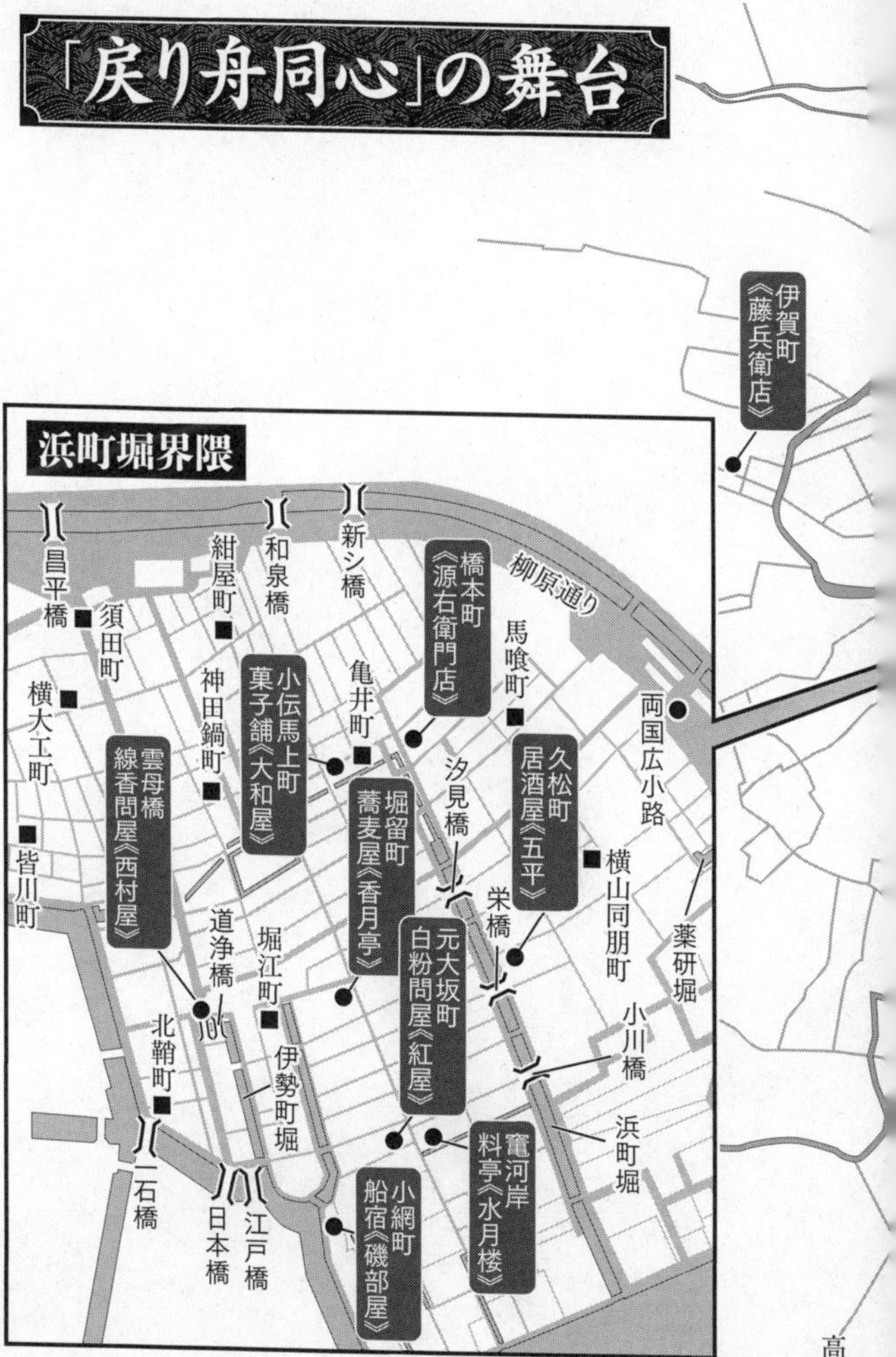

伊賀町《藤兵衛店》
浜町堀界隈
昌平橋
須田町
紺屋町
和泉橋
新シ橋
橋本町《源右衛門店》
柳原通り
馬喰町
両国広小路
横大工町
神田鍋町
小伝馬上町菓子舗《大和屋》
亀井町
堀留町蕎麦屋《香月亭》
汐見橋
久松町居酒屋《五平》
横山同朋町
薬研堀
皆川町
雲母橋線香問屋《西村屋》
道浄橋
堀江町
元大坂町白粉問屋《紅屋》
栄橋
小川橋
北鞘町
伊勢町堀
浜町堀
一石橋
日本橋
江戸橋
小網町船宿《磯部屋》
竈河岸料亭《水月楼》
高輪

第一話　一番手柄

一

春の彼岸を過ぎて半月。弥生《やよい》三月に入ると、江戸はすっかり春となる。両国橋《りょうごくばし》の西詰界隈《かいわい》には葦簀《よしず》張りの水茶屋が立ち並び、錦絵にしたいような女がそぞろ歩きの男どもに流し目をくれる。

市中の各所で桜が咲き、木々の若葉が風にそよぐ。桜草売りの声が路地に響く。

そして潮干狩りだ。芝浦《しばうら》や品川沖《しながわおき》、深川《ふかがわ》の洲崎《すさき》などでは、町屋の衆が早朝から小舟を駆って沖に繰り出し、潮が引くのを待って貝や小魚を獲って遊ぶのである。遠くから見ているだけでも気持ちがよかった。

元南町《みなみまち》奉行所定廻《じょうまわ》り同心の二《ふた》ッ森伝次郎《もりでんじろう》は、この季節が好きだった。人に話したことはない。柄でもねえと言われるくらいなら、言わない方がましだった。

元文《げんぶん》三年（一七三八）生まれの伝次郎は、文化《ぶんか》二年（一八〇五）のこの年、六十八歳になった。

息《そく》の新治郎《しんじろう》に家督を譲り、隠居して十年になる。

隠居したからと言って、おとなしく孫や盆栽の世話をしている訳ではない。十七歳になる孫など、まだ尻が青く歯応《はごた》えがなくて構ってやりたくはないし、盆栽なんぞに興味はなかった。

元定廻り同心としての顔を生かし、町屋の者相手によろず悩み相談の真似事《まねごと》をしていたのである。強請《ゆすり》やたかりなど、表沙汰《おもてざた》にしたくない揉《も》め事は結構あるもので、盆暮れもなく飛び回ったこともあった。

新治郎と嫁の伊都《いと》は、そんな伝次郎を苦々しく思っているようだが、意に介したことはない。

――息子や嫁に気を遣う程耄碌《もうろく》はしちゃいねえ。

家の代は譲ったが、生き方まで譲った覚えなど、伝次郎にはなかった。

三月七日。

この日伝次郎は、口入屋《巴屋《ともえや》》木久造《きくぞう》の招きで、竈河岸《へっついがし》の料亭《水月楼《すいげつろう》》で酒食のもてなしを受けた。

竈河岸は、中洲《なかす》の三《み》ツ俣《また》から馬喰町《ばくろちょう》の手前まで延びている浜町堀《はまちょうぼり》が、入江橋《いりえばし》で西に折れたところにあり、今は住吉町《すみよしちょう》、難波町《なにわちょう》、新和泉町《しんいずみちょう》、高砂町《たかさごちょう》となっている元吉原《もとよしわら》が、堀に囲まれていた頃の名残の河岸だった。

《水月楼》の料理は味が濃く、ために通人《つうじん》気取りの者には評判が悪かったが、伝次郎の口にはぴたりと合った。

伝次郎に言わせれば、辛いものは口がひん曲がる程辛く、塩っ辛いものは湯通ししても塩気が抜け切らないようなものが美味《うま》いのである。だから、新治郎の嫁の作るものは味がなくて嫌いだった。

——父上もお年なのですから、こういう薄味に慣れていただかないと。

などと新治郎が嫁の肩を持つのも気に入らなかった。

——母の味を忘れたか。お前の母親がこしらえた味噌汁《みそしる》なんぞ、絶品の濃さで、途中で湯を注《つ》ぎ足してもまだ美味《うま》く飲めたぞ。

新治郎の母、つまり伝次郎の妻・和世《かずよ》が病を得て没したのが十年前。その年の大晦日《おおみそか》に、年番方与力《ねんばんがたよりき》に同心の代を息に譲り、隠居すると申し出たのだった。早いものだ、と思う。あれから十年が経ったのだ。

《巴屋》木久造に招かれるようになってから、今年で八年目になる。出替《でが》わりに関する揉め事が起こった時の用心棒をしてやっている礼だった。

大名家やお店《たな》に年季奉公している者の期限は三月四日で、重年《ちょうねん》と言って勤めを更新出来た者はよいが、出来なかった者は、五日から口入屋を通して紹介された新たな勤め先に赴かねばならなかった。それが出替わりであり、三月の声を聞く前から口入屋は大忙しになる。中には、斡旋《あっせん》された家やお店が気に入らないとねじ込んで来る者もおり、そのような時に元定廻り同心で、現定廻り同心の父であるというのが睨《にら》みを利かせるのに都合がよかったのである。

「やはり《水月楼》は美味《おい》しゅうございますね」

見送りの女将《おかみ》や仲居に、丁寧に答礼してから、木久造がここ数年でめっきりせり出して来た腹を摩《さす》りながら言った。

「特に、あの味噌粥《がゆ》は絶品だな」

伝次郎も、思わず舌なめずりをした。

《水月楼》が料理の締めに出す粥だった。土鍋《どなべ》に味噌を塗り、焦がさないように焼く。そこに出汁《だし》を入れ、煮立ったところで飯を加える。出汁に溶けた味噌と飯が程よく絡んだところで、青葱《あおねぎ》と生姜汁《しようがじる》を落として、熱いところをふうふう言いながら食べるのである。中途半端なところのない、こってりと濃い味だった。

「食い物は、ああでなくちゃいけねえな」

「左様でございますとも」

ともに七十を目前にした齢《とし》だったが、舌の方に衰えはなかった。

「銭が儲《もう》かる上に、身体も壮健。ありがたいことでございます」

拝むような仕種《しぐさ》をした木久造が、ふと足を止めて、半町程先に目を遣った。

「旦那《だんな》……」

御用聞きが駆けていた。直ぐ近くの横町から飛び出して来たことは、跳ね飛ばされそうになった者どもの様子で分かった。浜町堀を北に向かっている。御用聞きに見覚えはなかった。南町奉行所に出入りしていた者ではないのだろう。

「旦那も、よく駆けておられましたね」

「俺は、もっと速かったぞ」

木久造が小さく笑った。

「では、そういうことにしておきましょう」

「何だ、聞き捨てならねえな……」

冗談で絡もうとして、伝次郎が口を閉ざした。

御用聞きが飛び出して来た横町に佇《たたず》んでいる男に、見覚えがあった。

年は取ったが、弁天《べんてん》の常七《つねしち》に相違なかった。

常七は、御用聞きが走り去った方を凝《じ》っと見ていた。履物を見た。雪駄《せった》だった。

弁天の常七――。

二十五年前、婚礼の日取りまで決まっていた白粉《おしろい》問屋《紅屋《べにや》》の娘をたぶらかし、不義を重ねた上に、博打《ばくち》などの科《とが》で、軽追放《けいついほう》となった男だった。

追放には、所払《ところばらい》、江戸払、江戸十里四方払、軽追放、中追放、重追放の六種があり、常七の受けた軽追放の御構地《おかまえち》は、江戸十里四方、京、大坂、東海道《とうかいどう》、日光街道《にっこうかいどう》であった。刑を言い渡された者は、御構地に止宿することは出来なかったが、旅の途次には通ることも、墓参などの場合は立ち寄ることも出来た。だから、常七が江戸市中にいることは有り得ぬことではなかったが、伝次郎の勘に引っ掛かるものがあった。

目付きが気に入らなかった。何か企んでいる時の目だった。常七が佇んでいた横町を、南に三町程入った元大坂町《もとおおさかちょう》に《紅屋》があるということも、伝次郎の勘を揺り動かした。元八丁堀《はっちょうぼり》として、このまま見過ごすことは出来なかった。

「それでこそ旦那でございますよ」

済まねえな。伝次郎は木久造に詫《わ》びた。放《ほ》っておける程枯れちゃいねえんだ。

「ありがとよ」

伝次郎は懐手をして、常七の跡を尾《つ》けた。

常七の歩みはのろのろとしていた。人の流れから、際立って遅れていた。ひとりで尾けている以上、商家を覗《のぞ》くなどして間を取りながら、こちらも歩みを遅くするしかなかった。尾け辛《づら》さが、一層伝次郎の疑いを濃いものにしていた。

小川橋《おがわばし》を、高砂橋を右に見ながら浜町堀沿いに歩いた後、常七は身を躍らせるようにして栄橋《さかえばし》を渡り、東の方へと走り出した。そのまま真っ直ぐに行けば両国広小路《ひろこうじ》に出る。

どうするか。

常七は、尾けられることを気にしてか、背後の者を撒《ま》くような動きを見せていた。

並の用心深さではない。

見付かる覚悟で執拗《しつよう》に追うべきか、それとも無理せずに追い、見失った時はそれでよしとするべきか。

後者を選ぶことにした。伝次郎は慌てる素振りもなく、ゆるりとした歩調で栄橋を渡った。

常七の姿は東に続く通りから消えていた。どこか物陰に隠れて尾けている者がいないか、確かめているのかもしれない。それならば、根比《こんくら》べだ。伝次郎は橋を渡り終えると、堀に沿って北に向かう振りをして身を潜めた。

ひとり、ふたり……。通りに入る人の数を五十人まで数えてから、伝次郎は何食わぬ顔をして通りに切れ込んだ。

通りは間もなく武家地になり、突き当たりに辻番所《つじばんしょ》があった。

番人に常七の人相風体を話し、見掛けなかったか問うたが、通ってはいなかった。

どこか途中の横町で曲がったのだろう。

潮時だと思った。今日のところは見逃してやるが、この次は必ず塒《ねぐら》を突き止めてくれる。

明日から見張ってみるか。

しかし、己ひとりでは手に余りそうだった。

伝次郎は、ひとりの男の顔を思い浮かべた。誘うか。伝次郎は、与力・同心の組屋敷がある八丁堀に向かって、踵《きびす》を返した。


板屋根のついた木戸門を潜《くぐ》ると、八丁堀の組屋敷が通りの両側に続いている。与力の屋敷は三百坪の敷地で冠木門《かぶきもん》、同心の敷地は百坪で木戸門、と一目見て区別がつくようになっていた。

目指す同心の屋敷は、提灯《ちょうちん》かけ横町にあった。木戸門の向こうに菜園があり、青菜が小さな芽を出していた。菜園を挟んだ向こうに隠居部屋が建て増しされている。

「御免」

当主の嫁の琴路《ことじ》が現れた。眉《まゆ》を剃《そ》り、丸髷《まるまげ》に結った真ん丸の顔に愛嬌《あいきょう》があった。舅《しゅうと》殿はおられるか、と琴路に訊《き》いた。

「ようお出でくださいました。義父《ちち》は無聊《ぶりょう》の様子、さぞ喜びましょう」

半年振りに見たが、相変わらず愛想のよい嫁だった。他人にこれだけ愛想がよいと、身内にまでは心が籠《こ》もらなくなるに相違ないと、伝次郎は勝手に決め付け、飛び石を踏んで隠居部屋に回った。

「俺だ。伝次郎だ。上がるぞ」

「おうっ」

声に数瞬遅れて障子が開き、染葉忠右衛門《そめはちゅうえもん》の間延びした縦長の顔が覗いた。

顔に似合わず頭脳は明晰《めいせき》で、物覚えのよさでは伝次郎の知り得た中でも、一、二を争う男だった。

染葉とは、十三で奉行所に初出仕した時からの仲間だった。気心は知れている。

伝次郎はずかずかと座敷に上がった。書物が積み重ねられている。書見台に論語が載っていた。公冶長《こうやちょう》の編だった。

「こんなもの、読んでるのか」

手近なのを一冊手に取り、ぱらぱらと捲《めく》った。

「いいこと書いてあるじゃねえか」

「何だ？　學而編《がくじへん》か。どこだ？」

染葉が覗き込もうとした。

「どこでもいいじゃねえか」

伝次郎は冊子を戻すと、座敷を見回した。片付いてはいるが、書物があるだけの部屋だった。ちっ、と舌のひとつも鳴らしたいところだったが、この部屋から書物を取り除けば己の部屋そのものだった。驚く程似ていた。

しかし、真っ昼間から隠居部屋に閉じ籠もって、論語に目を通しているなんぞ、伝次郎には考えられない暮らしだった。

身体に黴《かび》が生えちまう。

「どうした？　新治郎殿の嫁御と喧嘩《けんか》でもしたのか？」

「喧嘩したとしても、俺は愚痴など零《こぼ》さぬ」

「もう年なのだから、折れることも覚えねばな」

「染葉は、折れているのか」

「適当にな」

隠居部屋と母屋を結んでいる渡り廊下が軋《きし》んだ。障子に影が映った。

琴路が茶を運んで来たのだった。琴路は改めて来訪の礼を述べると、茶に茶請けの菓子を添えて出し、下がって行った。

伝次郎は茶を一口飲むと、早速茶請けの菓子を手に取った。

楓川《もみじがわ》を越えた佐内町《さないちょう》の菓子舗《かしほ》《松葉屋《まつばや》》の銘菓《松籟《しょうらい》》だった。黒糖でしっかりと練った餡《あん》を薄皮で包んだもので、伝次郎の好物のひとつだった。

「美味いな」

指先を嘗《な》めている伝次郎に染葉が言った。

「何の用だ？　菓子を褒めに来たのか」

問われて、訪ねて来た訳を思い出した。駄目だな、年とともに食い意地が張って来た。伝次郎は首を左右に振ってから、ぐいと身を乗り出した。

「珍しい奴を見掛けたのだ」

「誰だ？　俺の知ってる奴か」

二十五年程前になる。元吉原辺りで悪さをしていた野郎で、役者にしたいようない男だという評判もあった奴だ、と伝次郎は大雑把に話した。

「弁天か」

流石《さすが》に染葉の覚えに衰えはなかった。

「草鞋《わらじ》だったのか」

追放刑を言い渡されたことも覚えているらしい。やはり、俺の相棒はこいつじゃなきゃならねえ。

「いや、雪駄だった。奉行所も嘗められたものよ」

草鞋ならば、墓参のため江戸に立ち寄ったと言い逃れられるのだが、雪駄では
この辺りに住み暮らしていると言っているようなものだった。

「何を履いていようと、あいつは墓参というタマじゃねえな」

親の戒名どころか命日だって覚えちゃいねえだろうよ。染葉は書見台を脇《わき》に移
すと、論語読みとは思えぬような伝法な物言いをし始めた。

「企んでいる。におうぜ。ぷんぷんとな」

「俺も、そう思う」

「新治郎殿に知らせたのか」染葉が訊いた。

「もっとはっきりしたらな」

「どうしようってんだ？」

「見張るのよ」伝次郎が、平然と答えた。

「元気だな。ひとりでか」

「勿論《もちろん》ふたりで、だ。暇だろ？」

伝次郎が書見台をちらりと見てから言った。

翌日から、《紅屋》の表を見渡せる蕎麦屋《そばや》の二階隅に陣取り、朝から夕刻まで

の見張りが始まった。

二ツ森伝次郎と染葉忠右衛門が、常七の探索に乗り出して、二日が経った。

二

この日――。

数寄屋橋《すきやばし》御門内にある南町奉行所の町奉行役屋敷《やくやしき》の一間で、南町奉行・坂部肥後守氏記《さかべひごのかみうじのり》を中心に内与力《うちよりき》の小牧壮一郎《こまきそういちろう》と年番方与力の百井亀右衛門《ももいかめえもん》が、膝《ひざ》を突き合わせていた。

町奉行役屋敷とは、町奉行職に就いた者が在職中移り住む屋敷のことである。寺社奉行や火付盗賊改方《ひつけとうぞくあらためかた》の長官に就任した場合は、己の上屋敷が役所となるので、これを役宅と称したが、町奉行職の場合は、職に就いた者に合わせて奉行所を移動させることは役目柄難しいので、町奉行所に隣接して屋敷が設けられていた。これを役屋敷と言った。

町奉行職に就いた者は、家臣の中から人材《ひと》を選び、今で言う秘書官のような役割を果たす内与力に就けた。御用繁多な町奉行職に遺漏を来《きた》さぬためである。

その内与力は、主が町奉行職から退くと、己も与力職を辞した。そこが、町奉行所に出仕している与力や同心との違いだった。

坂部肥後守は、二度目の町奉行職就任であった。前の時は寛政《かんせい》二年（一七九〇）から寛政六年（一七九四）までの足掛け五年間で、それから十一年が経った今、坂部は五十八歳になっていた。

年番方与力は最古参の与力が就き、町奉行所に勤める与力・同心を支配する頂点に立つ者の役職だった。百井亀右衛門は五十七歳。十三歳で出仕してから、無《む》足見習《そくみならい》、見習、本勤並《ほんづとめなみ》、本勤、支配並、支配と勤め上げてきた、なかなかの苦労人であった。

内与力の小牧壮一郎は、ふたりより若く、三十三歳だった。文武を極めた坂部家の逸材であり、そのことを誰よりも本人が知っていた。

小牧は、坂部と百井が文書に目を通した頃合を見計《みはか》らい、口を開いた。

坂部の命《めい》を受けて小牧がまとめた、四ツ谷《よや》御門外の一区画に居を定めている住人の人別改《にんべつあらため》であった。調べた目的はひとつ。住人の出生地がどこか、であった。

この地が選ばれたのは、半年前に四人組の無宿者がお店《たな》を襲う事件があり、そのうちのふたりがこの地に潜み暮らしていたからだった。

「少しく説明させていただきます」

小牧のよく通る声が座敷に響いた。

「総勢九一二人のうち、江戸生まれの者が六五三人、およそ七割に相当いたします。後は武蔵《むさし》、相模《さがみ》、信濃《しなの》、越後《えちご》、遠くは出雲《いずも》、阿波《あわ》生まれの者もおりました」

「陸奥《むつ》や出羽《でわ》の者はおらぬようだな?」

「江戸におらぬ訳ではございませぬが、この地の人別からは見出せませんでした」

「この地には、越後、下野《しもつけ》、下総《しもうさ》から西」と、百井が言った。「出雲、備中《びっちゅう》、讃岐《さぬき》、阿波から東の者が入っていることが、こうして見るとよく分かりますな」

「それが土地柄となるのでありましょう」小牧が言った。

「成程のう」

「六年毎《ごと》の人別改から引き出した数でございますが、江戸に流れ込んで来る者が毎年確実に増えております。一六八、一八五、二一八、そして昨年が二四五人。四ツ谷の一角だけでこの人数ですから、江戸すべてを調べ上げると、とてつもない数になろうかと」

「出生地が不明の者が十四人もおるようだが？」坂部が不審げに顔を起こした。

「読み書きが出来ぬと言って答えぬ者とか、店子として住んではいるが、姿を見掛けぬ者とかおる、と聞いております」

「その者どもだが、すべてだとは言わぬが追放刑を言い渡された者も含まれておるのであろうか」

町奉行職が二度目になる坂部は、御法に抜け道があることにも通じていた。

「恐らく何人かは」

小牧が答えるのを待って、坂部が頷《うなず》いた。

所払以外の追放刑の者は、江戸に止宿することは出来なかったが、弁天の常七のように、舞い戻ったと思われる者が数多くいたのである。また、街道筋で悪さをして追われた無宿者が江戸に逃げ込んで来ている節もあった。

「裏店に越して来る者の身許《みもと》は、よく調べるよう徹底しておろうな」

「その者の身許はしっかりとしているのでございますが、郷里から出て来た親類の者が江戸見物する間だけとか言うて上がり込み、なし崩しに居座るということが多いようでございます」

百井が答えた。

「それが無宿者であったりするのだな」

「左様でございます」

無宿渡世に入った者には、身許を引き受けてくれる者などいなかった。請《う》け人《にん》(保証人)がいなければお店に勤めることは勿論、裏店に住むことも出来ない。日傭取《ひようと》りとなるか、無宿の群れに身を投ずるか、即《すなわ》ち博打打ちになるか、である。彼《か》の者どもは、博打場で知り合った者の裏店に転がり込み、そこを塒にしているのだった。

「同心が見回り、不審なる者を調べてはどうか」坂部が問うた。

「そのようなゆとりは」

「ないか」

「裏店を見回るだけならば、定廻りや臨時廻りの皆さんの手を煩わせることはないかと存じますが」

小牧が、事も無げに言った。その才気走った物言いが、百井の癇《かん》に障った。では、どうしようと言うのだ? 百井が尋ねるより早く、坂部が同じことを訊いた。

「今は隠居しておられましょうが、まだまだ矍鑠《かくしゃく》としているお方がおられるはず。その方々で臨時の再出仕組を設ければ、と存じますが」

「おるか、そのような者が？」

百井は、坂部の問い掛けに、僅《わず》かに眉根を寄せた。いる。確かに。だが、嫡子に家督を譲り隠居した者は、殆《ほとん》どが百井の年上であり、先輩であった。扱い易いとは、とても言えぬ者どもだった。

中でも特に扱い辛い者がいた。百井が駆け出しの与力であった頃、指示を無視し、暗に非を突き付けて来た男だった。その者は、隠居して十年になるが、壮健にしており、町屋の者を相手に同心の真似事をしていた。

今は、代を継いだ息子が定廻り同心として奉行所に出仕している。親父に似ず良識をわきまえた息子であった。出来ることならば、親父に息子の爪の垢《あか》を煎《せん》じて飲ませたかった。

「二ツ森伝次郎は」と坂部が、その親父の名を挙げた。「いかがしておる？」

「はっ……？」

惚《とぼ》けてみせた。直ぐに応じては、伝次郎の才を認め、日頃から気に掛けていると思われてしまう。

「おったであろう？　あの土蜘蛛《つちぐも》の一味を一網打尽にした」

寛政二年、坂部が初めて町奉行に就任した年の事件であった。市中を騒がせていた盗賊・土蜘蛛の惣吉《そうきち》一味を伝次郎らが捕えたのだ。時に伝次郎五十三歳。気力、体力ともに、嫌みな程充実していた。

言われなくとも覚えておるわ。腹の中で悪態を吐《つ》いてから、百井は、はたと膝を打ってみせた。

「元気には、しておるか、と思いますが……」

歯切れが悪く聞こえるように答えた。

「もう一働きしてくれようか」

「それはいかがでございましょうか。本人に聞いてみないことには、何とも申せませぬが」

「まだまだ働けましょう。何やら駆け込み寺のようなことをしていると聞いたことがございます」

小牧が、したり顔をして言った。

余計なことを。百井は心の中で舌打ちをした。知っているなら、先に言え。

「伝次郎ならば、永尋《ながたずね》となっている事件を洗い直すことも出来ようか」

永尋とは、次々に起こる新たな事件のために穿鑿《せんさく》を棚上げされている事件のことを言った。言わば、迷宮入りのことである。

「ご心配はご無用かと。百井殿、いかが？」小牧が尋ねた。

「そのように存じますが、他にも捕物に秀でた者は多数おります」

　百井は思い切って言った。

「他の者では？」

「二ツ森は、腕が劣るのか」

　坂部が僅かに眉を曇らせた。

「そのようなことは決してございませぬ」

　奉行の眼力を否定することは、百井には出来なかった。

「そうか、そうか。これは、其の方らを責めている訳ではないが、年々繰り越しにして来た永尋が随分と溜《た》まって来ておる、と耳にしたゆえのことだ」

「申し訳もございませぬ」

「それらをすべてとは言わぬが、幾つかでも片付けられたらと思うのだが、どうだ？　思い切ってやってみぬか」

「ひとつお尋ねしてもよろしいでしょうか」

「構わぬ。申すがよい」

「同心の人数は決まっております。再出仕組で掛《かか》りを設けるとなると、増えてしまいますが、いかが取り計らいましょうや」

「同心と名乗らせねば幅が利かぬゆえ、名乗らせるのであって、同心株を持たせる訳ではない。このことを本人と北町奉行所に伝えておけばよいであろう」

「分かりました。早速、二ツ森を呼び寄せまして、存念を質《ただ》したいと存じます」

「頼むぞ」

大いに期待しているから、と言うてくれ。坂部が気持ちよさそうに笑った。


奉行所と役屋敷は、内廊下で繋《つな》がっていた。

役屋敷を退き、奉行所に戻った百井が、年番方与力の詰所で茶を喫していると、定廻り同心の二ツ森新治郎が訪れて来た。

「よろしいでしょうか」

同心は殆どの場合担当の与力に属しているが、定廻り、臨時廻り、隠密廻りの三廻りを始めとする幾つかの掛りでは、与力をいただかず、同心だけで成り立っていた。

それらの掛りの同心が己一人《いちにん》の思い込みで突き進まぬようにと、百井は特別のことがなくとも数日置きには顔を出すよう命じていた。

「よいところに来た。茶でも飲まぬか。よい茶葉をもろうたのだ」

「ありがとうございます。頂戴《ちょうだい》いたします」

素直な受け答えが気持ちよかった。百井は、五徳に載せていた鉄瓶の湯を急須《きゅうす》に注《さ》し、茶葉が開くのを待って、ふたつの湯飲みに注《つ》ぎ分けた。馥郁《ふくいく》たる茶の香りが立ち上った。

「何か珍しいことでもあったか」

「是非ともお耳に入れておきたきことがございます」

「何だ？」

高輪《たかなわ》の大木戸近くで、盗賊・夜烏《よがらす》の伊兵衛《いへえ》の右腕、腰越《こしごえ》の佐田松《さだまつ》らしき姿を見掛けた者がいる、と新治郎が話した。佐田松を見掛けた者は、新治郎が手先として使っている男だった。

「尾《つ》けたのであろう。首尾は？」

「残念ながら人込みに紛れてしまい、見失いましてございます」

「見間違いではないのだな」

「そのようなことは、決してございませぬ」

「佐田松の身形は？」

「旅姿ではなかった、と申しておりました」

「もう江戸に入っていたということか。夜鳥の伊兵衛を迎えに行ったが、刻限までに現れなかったとも考えられるな。大木戸に見張りは？」

「置いてございます」

「必要とあらば、人数は幾らでも出してやる。必ずや隠れ家を突き止めるのだぞ」

百井は、年番方としての貫禄《かんろく》を見せてから、改めて茶を勧めると、思い付いたように訊いた。

「親父殿だが、いかがしておる？」

「何やら町屋の者の相談を受けては、忙しげに動き回っております」

「何か言うておらぬか。腰が痛いとか、目が霞《かす》むとか、人里離れた山奥で、ひとり静かに釣りをして暮らしたいとか」

百井は、聞き逃すまいと耳をそばだてた。

「いえ、元来丈夫な質《たち》なのか、お蔭様で達者にしております。少しは落着いてくれるとよいのですが、まだまだ町屋を駆け回っている方が楽しいようでございます」

「されば」と百井が、つまらなそうに言った。「今夜、組屋敷の方へ来てくれるよう伝えてくれぬか」

「何か、父に？」

「ちと話があってな……」

百井が刻限を切った。しかし、戻っても、直ぐに伝えられるだろうか。大概の場合、伝次郎は気儘《きまま》に出歩いており、おいそれとは捕まえられない。出掛けたまま戻っていなければ、刻限には訪ねられないことになる。

「その時は、翌朝でよい」

何ゆえの呼び出しなのか訊きたかったが、百井が言わぬ以上、重ねて問うことは憚《はばか》られた。新治郎は、伝次郎がどこに出掛けているのか考えたが、皆目見当が付かなかった。妻の伊都にしても、知っているとは思えなかった。父がよろず悩み相談の真似事をしているのは知っていたが、今どこで何をしているのか、何も知らぬ己に、新治郎は少なからず戸惑っていた。

時刻は七ツ半（午後五時）近くになっていた。

同心の退《ひ》け時である七ツ（午後四時）には奉行所を出、組屋敷に戻ろうと思っていたのだが、高輪の大木戸と金杉橋《かなすぎばし》に配しておいた手先が、指示を仰ぎに来たのだった。

金杉橋は、芝口南《しばぐちみなみ》から愛宕下《あたごした》に抜けるためには通らなければならない橋である。二ツ森新治郎は、特に橋の両詰を注意して見張るように命じてから、懐の小粒（一分金のこと）を取り出して手先の掌《てのひら》に握らせた。

「もう一刻（約二時間）程見張って埒《らち》が明かねえ時は、皆とどこぞで酒を飲んで帰ってくれ。俺は、今夜はちと用があって付き合えねえんだ。済まねえな」

手先は握った拳《こぶし》を額まで持ち上げ、軽く頭を下げた。

男の名は、卯之助《うのすけ》。堀留町《ほりどめちょう》の親分と呼ばれる御用聞きである。

帰り仕度を整えた新治郎が玄関脇を出た。御用箱を背負った中間《ちゅうげん》が続いた。

疾《と》うに戻ったと思っていた卯之助と手下の半六《はんろく》が、大門裏の控所から姿を現し、ふたりの後を追った。

門番が、大門を通る新治郎に礼をした。新治郎の後ろで、中間が門番に、丁寧に頭を下げた。

中間は奉行所の雇われ人ゆえ大門を通れるが、卯之助は手札を持っているとは言え、奉行所に雇われている身分ではない。卯之助と半六は大門を憚り、新治郎から離れて、大門右脇の潜り戸から外に出た。

　この潜り戸は、奉行所の者の出入りに使われるだけでなく、いつでも駆込《かけこみ》訴《うったえ》が出来るよう、暮れ六ツ（午後六時）以降大門が閉まった後も閂《かんぬき》は外されていた。右の潜り戸に対して左の潜り戸は、不浄の門で、縄付きの者などが出入りするためのものだった。

　潜り戸を抜け、身体を起こした卯之助が、新治郎の斜め前に進み、

「御用の筋でしたら」と半六に目を遣《や》った。「お使いください」

「ありがてえが、用ってのは親父のことなんだ」

「大旦那ですかい。ならば、半六はよろしゅうございやすね。それが気になったもので、お待ちしておりやした」

　卯之助は、かつて伝次郎の手先であった御用聞き・神田鍋町《かんだなべちよう》の寅吉《とらきち》、通称鍋《なべ》寅《とら》の手下をしていたので、伝次郎のことも、新治郎のことも熟知していた。

　卯之助は、三十四歳の若さで伝次郎から手札をもらい、御用聞きとして独立した腕のよい男だった。伝次郎が辞め、新治郎が同心になり、更に三年前に定廻り同心に就いた時からは、水を得た魚のような働きを見せていた。

「大旦那によろしくお伝えくださいやし」

「明日も見張ってもらわねばならねえんだ。飲み過ぎぬようにな」

「承知いたしておりやす」

卯之助と半六が深く腰を折って、頭を下げた。

この時、新治郎四十二歳、卯之助五十九歳。伝次郎は六十八歳だった。

新治郎は、同心になった当初、年上であり、腕もよく捕物のいろはに通じていた卯之助を顎《あご》で使うことが出来ずにいた。思い余って伝次郎に尋ねたが、己で解決しろとにべもなかった。

お蔭《かげ》で、使うと思わず教えてもらえばよいのだと悟るまでに随分と遠回りしてしまったが、安易に助けを求めてはいけないのだと教えられもしたのだった。今では、何のわだかまりもなく、卯之助に命ずることが出来ている。伝次郎の処し方が正しかったのかは分からぬが、間違いではなかったのだろう。

(兎《と》にも角にも、七面倒な親父殿よ)

と首筋を掻《か》きながら、新治郎は組屋敷に急いだ。

(戻っておられるとよいが)

玄関に入るや新治郎は、出迎えた伊都に伝次郎が在宅しているか問うた。

「朝から出ておられますが」

「ずっとか」

「はい」

どうしたものかと考えているうちに、息の正次郎《しょうじろう》が中間から御用箱を受け取り、次の間に置きに行っている。中には、火急の出役《しゅつやく》のための装束などが入っていた。翌朝新治郎を迎えに来た中間が再び担ぐまで、そのまま据え置かれる。

中間が戻った。

「どこに行かれたか、分からぬか」

「さあ」

「訊いておらぬのか」

「訊いても仰《おっ》しゃりませぬ」

父は、そういう男だった。

「お急ぎなのでございますか」

「百井様の御屋敷にお連れしなければならぬのだ」

伊都が、小さく口を丸く開けた。

正次郎を母屋に残し、新治郎は伊都とふたりで離れの隠居部屋に向かった。

伝次郎の意向で渡り廊下を作らなかったので、板廊下から踏み石に降り、飛び石伝いに離れに上がった。

床には塵《ちり》ひとつなく、また文箱《ふばこ》や違い棚もきれいに整理整頓《せいとん》されていた。もっと乱雑な部屋を思い描いていた新治郎は、思わず見回してしまった。

「いかがいたしましょう。文箱でも覗いてみましょうか」

触れれば、見たと気付かれてしまうだろう。いない時に部屋に上がり、探したと思われるのも業腹だった。

「戻るぞ」

「よろしいのですか」

「よろしくはないが、仕方あるまい」

母屋に戻ると、正次郎が奉行所から持ち帰って来た綴《つづ》りに目を通していた。

正次郎は十七歳。無息見習から見習を経て本勤並《ほんづとめなみ》になり、吟味方や例繰方《れいくりかた》のような内役の仕事を覚えているところだった。覚えることは山ほどあった。

「この分ではいつ帰って来られるのか、見当も付かぬな。ともかく百井様の御屋敷まで行って来る」

「何か義父上様がされたのですか」

「私にも分からぬのだ。百井様は何も仰しゃってくれぬでな」

「まさか、何事か……」

「案ずるな。口も素行もよくないが、悪いことだけはせぬお方だ」

「それは分かっておりますが、正次郎の務めの障りになるのでは、と心配なのでございます」

「うむ」

新治郎は再び大小を腰に差すと、不機嫌を隠そうともせず、百井亀右衛門の屋敷に向かった。

三

京橋《きょうばし》から白魚橋《しらうおばし》にかけての界隈は、竹屋が軒を並べていたところから竹町と呼ばれ、河岸は竹を積み降ろしするので竹河岸《たけがし》と言われていた。

居酒屋《時雨屋《しぐれや》》は、竹河岸の東隅にあった。

伝次郎が《時雨屋》に通い始めたのは、十八年前のことである。当時、女将の澄《すみ》は二十六歳の中年増《ちゅうどしま》だった。たっぷりとした肉置《ししお》きとは不釣り合いな小さな顔に、目玉だけが黒く大きかった。

通ってみると、酒も摘《つま》みも美味い上にゆったりと落ち着けるので、いつしか馴《な》染《じみ》の居酒屋の中でも筆頭株になっていた。

特に伝次郎の妻が病没し、隠居になった頃からは澄の遠慮《えんりょ》が消え、

――旦那、いい加減に危ないことは辞めて、一緒に同心酒場をやりましょうよ。

と言い出し始め、伝次郎を驚かせた。澄の愛らしさは知っていた。不快なことはなかった。

伝次郎も、時には、

――そいつも悪くねえな。

と答えているが、そんなことを言い合っているだけで、澄の心具合は分からなかった。しかし、それで伝次郎は満足していた。

「はっきりしない旦那だこと」

澄が銚釐《ちろり》の酒を手酌で空けた。

「女将さん、飲み過ぎですよ」

小女の春《はる》が、伝次郎に目配せをした。もう飲ませるなと言っているらしい。春

は十四歳。産毛の生えたふっくらとした頰《ほお》は桃を思わせた。もう幾年も経たないうちに剃刀《かみそり》を当てることを覚え、朝採りのような初々しさをなくしてしまうのだろう。それが江戸で暮らすということだった。

「女将」と染葉が言った。「俺が伝次郎を口説き落としたら、ただで酒を飲ませてくれるか」

「ご冗談を」澄が手を横に振った。

「伝次郎、止めい。酒場の親父になっても楽しいことはないぞ」

澄の手が止まった。

「旦那は、ただで結構ですよ」

「伝次郎、もう十分働いた。後は、女将と仲良く過ごせ」

「染葉様は、お酒が飲めればよいのですか」春が口を尖らせている。

「俺を責めるな。雨の日も風の日も、精一杯、健気《けなげ》に生きて来たのだ」

染葉の首が、がくりと折れた。酔っている。弱くなっていた。数カ月前の酒では、こんな酔い方は見せなかった。

伝次郎は染葉の方に向き直り、ここは、と言った。

「鍋寅に手伝わせるか」

「そうだ」と染葉が呟《つぶや》いた。「あいつは、俺たちより鼻が利く……」

伝次郎は、染葉忠右衛門を組屋敷に帰し、ひとりで神田鍋町に向かった。

途中料亭《鮫《さめ》ノ井《い》》に寄り、鍋寅の好物である卵焼きを求めることにした。客との揉め事や板場のいざこざを、奉行所を通さずに収めてやったことがあったので、《鮫ノ井》には無理が利いた。

「いやですねえ」と女将が、大仰な笑顔を作って言った。「夜中、ひとりでこっそり召し上がるんですか」

「そうじゃねえよ。爺《じい》さんに冥土《めいど》の土産《みやげ》に食わしてやりてえのさ」

「あらまっ」

招き猫のような手付きをして笑うと、板場の長を呼び、急いで作るよう命じた。

「済まねえな」

「甘めがよろしいでしょうか」

「鍋寅への御土産《おみや》にするんだ」

「承知しました。親分さんはお元気で？」

鍋寅も長年の馴染だった。

「先月会った時の様子だと、後二十年は生きるな」

「そいつは結構なことで」

「下手《へた》するとこっちの方が、お先に逝《い》っちまうよ」

「旦那に限ってそのようなことは」

「素直に受け取っておくぜ」

ほっこりとした包みをぶら下げて、小伝馬町《こでんまちょう》の牢屋敷の前を通り、神田堀を渡り、神田鍋町へと急いだ。

鍋寅の家は、神田鍋町東横町と不動新道《ふどうしんどう》が丁の字にぶつかったところにあった。十三年前までは鍋寅の女房と伜《せがれ》の嫁とで仕出し屋をしていたのだが、相次いで病没したのを機に店を畳んでいる。その六年後、今から七年前には十手を継いだ伜も亡くなり、今では鍋寅と孫娘の隼《はや》のふたり住まいとなっていた。

「御免。二ツ森の伝次郎だ」

《寅屋》と屋号を記した腰高障子の前で、伝次郎は大声を張り上げた。

店奥で人の動く気配がした。

「どちら様ですかい？」

女の声だったが、男のような物言いをした。孫の隼だった。伝次郎は、もう一

かった。

度名乗った。

戸が開いた。髪を男髷《おとこまげ》に結った隼がいた。

腹掛けに股引《ももひき》、単《ひとえ》の着物を尻《しり》っ端折《ぱしょ》っている姿は、およそ若い娘の身形ではなかった。

しかし、それが似合った。

隼を男だと思い込んでいる町娘から付け文が届くこともあるという。

祖母と母が相次いで病没した時、まだ四歳だった隼が無事に成長するように、と鍋寅が男の子の格好をさせたのが男装の始まりだった。今では、祖父と父の後を継ぐのだと、祖父の手下であった卯之助の許で捕物の修行をしていた。

——いつまでもやらしておく訳には参りやせんが。

と言いながらも、鍋寅は止めろと言い出し兼ねていた。鍋寅も隼も、捕物が好きなのだ。

「お待たせいたしやした。奥におりやしたもので」

「爺さんは?」

「酒を嘗《な》めておりやす」

「丁度いい」卵焼きの包みを持ち上げて見せた。「好物を持って来た」

振り向いた隼が奥に声を掛けるより早く、

「そいつは《鮫ノ井》の卵焼きでやしょう。においで分かりやすよ」と内暖簾《うちのれん》を分けて、鍋寅が姿を現した。「あそこのは、卵のとき具合、出汁と酒の混ぜ具合、それに焼き具合の三つが絶妙なので美味いんでやすよ」

「染葉が『鍋寅は鼻が利く』と褒めてたが、本当だな」

「飲んでらしたんですかい？」

「ちびっとな」

「《鮫ノ井》で？」

「いや、《時雨屋》だ」

「では、わざわざ……」鍋寅が膝頭に手を当て、深々と頭を下げた。

「よしてくれよ。わざわざ寄り道して土産を持って来たのには訳があるんだ。ちと助《す》けちゃくれねえか」

「今度は、どんな御用です？」

鍋寅が大きな絵皿に卵焼きを移しながら言った。流石に元仕出し屋だけあって、皿や鉢には事欠かない。

「大事にはなりそうもないが、嫌な野郎を町で見掛けたんだ」

鍋寅の手の動きが止まった。

「誰でございやす？」

「弁天の常七だ」

「まだ生きていたんですかい」

鍋寅は、額に深い縦皺《たてじわ》を刻むと、先に立って奥の座敷に上がった。伝次郎と隼が続いた。

座敷の中程に膳がふたつ出ていた。片方には銚子と杯と小鉢が、もう片方には食べかけの飯と菜と汁が載っていた。

鍋寅は、小皿に卵焼きを取り分けて隼に渡すと、早く飯を済ましちまうように、と言った。隼の膳の上が賑やかになった。

「折角のお心遣いでございやす。飲みながら聞いてもようござんすか」

「構わねえよ。俺だって、酔ってるんだ」

鍋寅は、湯飲みに酒を注いで伝次郎の前に置くと、片手拝みをしてから、卵焼きの大皿に箸《はし》をつけた。

「矢《や》っ張《ぱ》り、ここのは美味《うめ》えな」

洟《はな》を啜《すす》り上げるような仕種をした。

「爺ちゃん、二ツ森の旦那が話せないじゃないか」

隼が手早く飯を掻っ込みながら言った。

「うるせえな。四の五の言いやがって。だんだん母親に似てきやがる」

分かったよ。鍋寅が話を聞こうと前屈《まえかが》みになった時には、隼は食べ終え、鍋寅の斜め後ろでかしこまっていた。

「その常七を見掛けたのが、高輪だとか板橋《いたばし》ならば、放っておくんだが」

「《紅屋》の近くだったんですかい？」

伝次郎が頷いた。二十五年前のことを、昨日のことのように覚えている鍋寅を見直す思いだった。染葉だけじゃねえ、俺の近くにいた奴らはどいつもこいつも切れ者だったのよ。

「《紅屋》って、あの白粉問屋の？」隼が、鍋寅に訊いた。

「そうだが、ここで聞いた話は口外するんじゃねえぞ」

「誰に言ってるのさ、爺ちゃん。おれは鍋寅の孫だよ」

「そういうのはな、他人様《ひとさま》に言うんだ。当人に言う台詞《せりふ》じゃねえ」

「分かったけどさ、その常七と《紅屋》には、何か因縁でもあるのかい？」

若《わけ》え娘に聞かすことじゃねえ。鍋寅が首を横に振った。

「何言ってんだよ。おれは男じゃねえかよ」

確かに身形だけは男だった。

「耳年増《みみどしま》になると嫁には行けねえぞ」

「誰が行くかい」

「仕方ねえな」鍋寅が、二十五年前の一件を、常七が軽追放になったところまでざっと話した。

「逆恨みですか」隼が、どちらにともなく訊いた。

「それは、無《ね》え。逆恨みするなら、疾うにしてるだろうよ」伝次郎が答えた。

「では、何のために？　今更近付いたところで仕様がないでしょうが」

「御内儀《おないぎ》の瀧《たき》は、当時十六」伝次郎が言った。「それが今では脂がこってり乗った四十一だ」

「………………」隼が鍋寅を見た。

「昔の一件で御内儀を強請《ゆす》り、あわよくば頂戴したいってところだろうな」

「頂戴するって何をさ？」

「馬鹿野郎《ばかやろう》。決まってるだろうが、こってりを、だよ」

「だから」

と言って、隼があっと口を押さえた。頰にさっと朱が射した。

「許さないよ。そんな男は、おれが許さない」

「じゃあねえかって話してるだけだ。まだそうと決まった訳じゃねえ。先っ走りするねえ」

言ってから鍋寅は、伝次郎は隠居し、己も十手を譲ったことを思い出した。もう昔通りには動けねえ。調べるにも限りがある。

「手伝わせておくんなさい」隼が、手を突いた。「おれは一度でいいから、爺ちゃんと一緒に捕物をしたかったんです。駄目ですか」

「旦那……」

鍋寅が困ったように伝次郎を見た。

「見張るには人が要る。助けてもらえりゃ、こっちは嬉《うれ》しいが」

「なら、やりやすか」鍋寅が言った。

「やるのは結構だが、勝手に決めても、隼には親分がいるだろう」

「この一件を片付ける間ですから、何とでもなりやす」隼が伝次郎に答えた。

「後で悶着《もんちゃく》はいやだぜ」

「親分子分の間で手下の貸し借りは当たり前のことですから、その点はいいんですが、隼を深みに引き入れちまうようで」

「言っちゃ悪《わり》いが、そいつは今頃心配《しんぺえ》しても遅いようだぜ」

隼は瞳を輝かせている。鍋寅の吐いた溜息が、部屋に籠もった。

伝次郎は湯飲みの酒を飲み干すと、明日からのことを約して神田鍋町を辞した。

宵五ツ（午後八時）の鐘が鳴って、半刻（約一時間）以上が経つ。八丁堀の組屋敷に着くのは、町木戸が閉まる夜四ツ（午後十時）頃となるに違いない。

遅い、とまた文句を言われるのか。

新治郎の声が、耳朶《じだ》に甦《よみがえ》った。

あの野郎、誰のお蔭で大きくなったのか、忘れたんじゃねえのか。

鍋寅に借りた提灯《ちょうちん》の火が、頼りなく揺れた。町屋の軒先を、己の影が行き過ぎてゆく。

奴らも心配してくれているのだ。卵焼きでも土産に買ってやればよかったな。

この次の時は、喜ばせてやるか。

日本橋を渡り、御高札場の前を通り、東に折れる。楓川に架かる海賊橋《かいぞくばし》を過ぎ、山王御旅所《さんのうおたびどころ》の薬師堂の前を南に向かうと、組屋敷は目と鼻の先だった。

組屋敷の木戸を抜け、路地を行き、二ツ森家の木戸門を開く。微《かす》かに軋むような音が立った。

舌打ちをし、更に押し開け、身体を滑り込ませる。菜園の横の飛び石を伝い、隠居部屋の前に立ち、ふっと息を吐いた。

と同時に、奥の雨戸が開き、新治郎が半身を覗かせた。

「随分と遅うございましたが、どちらへ？」

「鍋寅のとこだ。つい長居をしてしまった」

言い訳をしてしまう己に、歯痒《はがゆ》さを感じた。

「もうお年なのですから、無茶はなさらぬように」

何が無茶だ。まだ、たかが四ツだろうが。俺がお前の年頃には、二日三日徹夜で走り回ったものだ。

「今宵六ツ」と、新治郎が言った。「父上と、百井様をお訪ねする約束をいたしておりました」

「聞いておらぬぞ」

「突然の話でございましたゆえ」

「俺に用なのか」

「そのようでした」

「泥亀《どろがめ》が、何の用だ？」

百井亀右衛門が駆け出しの頃に、伝次郎がつけた渾名《あだな》だった。

「私は存じませぬ。それよりも、そのようなことを大声で」

新治郎が辺りを見回した。二ツ森の家の敷地は、百坪ある。与力の屋敷の三百坪には及ばないが、十分広い。容易《たやす》く隣家に聞こえるはずがないではないか、この小心者奴《め》が。

「勝手に約束をした方が悪い。俺のせいではない」

「明朝、六ツ半（午前七時）にお伺いしますので、今夜はもうお休みください」

「うむ……」

「私も同道いたしますので、お起こしします」

「…………」

俺は餓鬼ではない。咽喉《のど》まで出掛かったが、呑《の》み込んでいる間に、雨戸が閉まった。

決めた、と伝次郎は心の中で呟きながら、離れの引き戸を開け、狭い土間に入った。絶対に卵焼きは買って来てやらねえ。

四

三月十日。六ツ半（午前七時）少し前。

組屋敷の木戸門を出る伝次郎と新治郎を、新治郎の嫁の伊都と嫡男の正次郎が見送った。

新治郎の顔にも伊都の顔にも、不安が満ちていた。伝次郎が、何か年番方与力の逆鱗《げきりん》に触れるようなことをしてしまったのかもしれない、と思い込んでいる顔だった。

しかし、正次郎の顔には何も浮かんでいなかった。

大物なのか馬鹿なのか、伝次郎にも分からなかったが、少なくとも生まれて十七になるまでの間で大物の片鱗を見せたことはなかった。さすれば、答はひとつしかない。

「二ツ森の家もこれまでだな」

ふと漏らした言葉を聞き付けた新治郎が、父上、と小声で叫んだ。

「何をしでかしたのです？」

起きてから、同じことを五度訊かれたことになる。夫が三回、妻が二回。やはり、似た者夫婦なのかもしれぬ。

「何もしてはおらぬ」

「今、これまでだな、と仰《おお》せになりました。確かに、この耳で聞きました」

「そういうことではない」

「では、どういうことなのです？」

百井亀右衛門の屋敷の前に着いた。冠木門の二柱が、此見《これみ》よがしに聳《そび》え立っている。門を潜り、小砂利を踏み締め、玄関に向かった。

案内を乞《こ》うまでもなく、控えていた家士に出迎えられ、玄関に近い一室に通された。

親子並んで座ると、式台で預けた刀が背後にそっと置かれた。

待つ間もなく百井が、着流しで現れた。

百井が奉行所に出仕する刻限は、昼四ツ（午前十時）。まだゆるりとする間はいくらでもあった。

「昨夜は、父を伴いてお伺いいたすこと適《かな》わず、申し訳ございませんでした」

新治郎が、両手指の間に顔を埋めるようにして平伏した。

何を謝っているのか瞬間分からなかったが、己が組屋敷の隠居部屋にいなかったためだと気付き、行き場のない怒りに駆られた。

当人のおらぬところで、刻限を決める。約束もへったくれもないではないか。

長居なんぞ、頼まれてもしたくなかった。

「して、私に御用とは？」

単刀直入に訊いた。

「話す前に、気が進まぬのなら断ってもよいことを伝えておく」

御奉行が、永尋となっている事件の解決と、江戸に流入して来る悪党どもの捕縛のために、再出仕組で永尋掛りを設けたいというご意向なのだが、と百井は切り出した。

「勿論、ただ座っておったのではお役目は果せぬ。走れぬということであれば、誰かもそっと若い者を推挙してくれてもよいのだぞ」

「父上、よいお話ではございませぬか」

町屋の者の悩みを解決し、幾許《いくばく》かの礼金を頂戴する。していることは同心と似ていても、奉行所の後ろ盾がなければ、浪人の賃稼ぎと同じである。だが、再出仕ともなれば、同心としての腕を見込まれたためであり、家の名誉でもあった。

「確かに新治郎の申す通りだが」と百井が、口を挟んだ。「引き受けました。でも、『身体が保《も》ちませんでしたので、辞めます』では、通らぬからの。余程、壮健でないとな」

「仰せの通りでございます……」

新治郎が、問うような眼差しを伝次郎に向けた。

伝次郎は、背筋を伸ばし、真っ直ぐに百井を見詰めている。

「父上、いかがでござりますか」

新治郎が小声で尋ねた。

気に入らなかった。

何かというと小声で尋ねる新治郎も気に入らなかったが、それよりも百井の言葉の端々から、この話を辞退させようとしている意図があからさまににおうのが、もっと気に入らなかった。

伝次郎の臍《へそ》が曲がり始めた。

「この話、何ゆえ、私に持ち込まれたのでしょうか」

「それは、だな……」

御奉行が盗賊・土蜘蛛の惣吉一味を捕縛した一件を覚えておられたからだ、と百井が言った。

「町奉行になられたばかりのことであったから、忘れられないのであろうよ」

「では、私の名は、御奉行の口から出たのですな？」

「……そういうことになるな」

百井が顔を背けた。

「やりましょう」と伝次郎が言った。「お引き受けいたします」

「そのように安請け合いされても」

「安請け合いとは、聞き捨てなりませぬな」

絡んでみせた。お前に推された訳じゃねえ。遠慮など、要るか。

「そういう意味ではない。間違えるな」

「何をどう間違えているのかは、知りませぬが、お引き受けする以上、お尋ねしておきたいことがございます」

「同心株か。新たな株は持てぬぞ。だから再出仕と言っても言葉の上だけで、手伝いと思ってもらうと分かり易いであろう」

「一度は隠居した身、それで結構でございます」

「では、俸禄《ほうろく》か。そのことも、当然考えておるぞ」

「くれるってものはもらいますが、それよりも、奉行所内に詰所を設けてもらえるのか。十手は使えるのか。定廻りに意見することは出来るのか。それとも補佐に過ぎぬのか。そこのところを、はっきりしておいてもらいたいですな」

「詰所のことなどは、御奉行に諮《はか》らねば何とも言えぬが、捕物に関して指図は出来ぬ。定廻りに従ってもらうことになるであろうな」

伝次郎は、ふいっ、と襖絵《ふすまえ》に目を逸《そ》らしてから訊いた。

「して、集める人数は」

「目安は定廻りの数だ」

「六人ですか。人選は任せていただけるのでしょうな」

「好きにいたせ」

「永尋掛りはいつから動き始めるのです？」

「直ちにだ。人選びはお役目を果たしながらするがよい」

「承知いたしました」

伝次郎が、ここに至って初めて僅かに頭を前方に傾けた。

「昨夜、遅かったようだが、何をしていたのだ？」

「実は」

市中で軽追放を言い渡された者を見掛けたので、塒《ねぐら》を突き止め、悪さをしないか見張ろうとしていたのだ、と経緯《いきさつ》を話した。

「それよ。それをしてくれればよいのだ。何かことを起こそうとしたら、直ぐに知らせてくれい。後は、活《い》きのいいのが引き受ける」

「お言葉ですが、まだまだ活きのよさでは負けませぬが」

「そう言うな。隠居の身なのだから、若い者を立ててやってくれい」

若い者の中に己も入れているらしいことは分かったが、気付くつもりも、気付いた振りをする気もなかった。

百井の屋敷を出たのは、朝五ツ（午前八時）の鐘が鳴り出す頃合だった。

「遅れてしまいますゆえ」

憂いが晴れたせいか、すっきりとした顔をした新治郎と別れ、伝次郎は見張り所に戻った。見張りをしている染葉忠右衛門を永尋掛りに誘うためである。

「致し方あるまい」

弁天の一件の片が付いたら、論語漬けの暮らしに戻るつもりでいたのだろう。

一瞬、名残《なごり》惜しげな顔を見せたが、腰が浮いていた。

根っからの同心なのだ。また捕物が出来ると浮き立っているのだ。

「畜生」と伝次郎が叫んだ。「面白くなって来たぜ」

五

三月十一日。

染葉忠右衛門が蕎麦屋の二階に張り付いて四日目になった。三日目からは、鍋寅と隼が加わったが、隼は常七の顔を知らないので、染葉と伝次郎と鍋寅の三人が交替で見張る形になっていた。

一度は見掛けたが、二度とその姿を拝むことはない。そんな例は、幾らでもあった。

見張りが見逃したこともあっただろうし、そもそも疑いを掛けたのが間違いであったこともあるのだろう。

待つしかなかった。見張りにつくことは、徒労に終わることを覚悟して、ただひたすら待つことであった。

だが、それにも限りはあった。最初の疲れは、見張りについて三日、四日経った頃に襲って来る。

張り詰め、意気込んでいた気が、ふと緩むのである。

動きがあったのは、そんな四日目の九ツ半（午後一時）を回った頃だった。

気付いたのは、鍋寅であった。

「御出座《おでま》しですぜ」

伝次郎と染葉と隼が、鍋寅の視線を追った。《紅屋》から半町（約五十五メートル）程離れた軒下に立っている男に行き着いた。男は、弁慶格子《べんけいごうし》の着物に深川鼠《ふかがわねずみ》の羽織を粋《いき》に着こなしており、歩き疲れた足を休めているかのように見えた。弁天の常七に間違いなかった。

「よく気付いたな」伝次郎が、鍋寅の肩に手を置いた。

「何を着ようと、育ちの悪さは隠せませんや」

鍋寅が鼻で笑った。

「では、俺が下りていよう」

染葉忠右衛門が刀を手に取り、階下に下りた。髪の薄くなった染葉の髷は、八丁堀の同心が結う小銀杏《こいちょう》とは程遠い丁髷《ちょんまげ》になっていた。

程無くして、常七が軒下を出た。

染葉を先頭にして鍋寅、伝次郎、隼と縦に並んで尾行を開始した。

常七は元吉原を通り抜けて浜町堀に出ると、堀に沿って歩き始めた。

四日前に尾行した時と同じ方角だった。だが、四日前には渡った栄橋を渡らずに通り越している。

「野郎、どこに行く気だ？」

伝次郎が吐き捨てるように言った。

染葉に代わって鍋寅が先頭に立った。隼が、染葉の後ろに付いている。

常七は、千鳥橋《ちどりばし》でも渡る素振りを見せずにいたが、次の汐見橋《しおみばし》に差し掛かったところで立ち止まると、ゆっくりと背後を見渡してから橋を渡り、小体な蕎麦屋に入った。

小腹を満たすためとは思えなかった。

中に誰かいるのか、それとも後から誰か来るのか。

「任せろ」

するりと抜け出し、蕎麦屋の前を通り過ぎた染葉が、空を見上げ、顔を撫《な》で摩《さす》った。

町方が仲間内に、尾けている者が人と会っていると知らせる合図だった。

――相手が誰だか分かるか。

伝次郎が染葉に、所作で訊いた。

――知らねえ面《つら》だ。

染葉が答えた。その間に鍋寅と隼が、伝次郎の脇に擦《す》り寄って来た。

「取り敢えず、二手に分かれるぞ」

「それがようござんしょう」鍋寅が言った。「あっしは染葉の旦那と組みますので、隼をお願いいたしやす」

隼が唇を結び合わせたまま頭を下げた。顔立ちがきつくなっている。いい顔だ。死んだ親父さんに、よく似てるぜ。

「よし、頼むぜ。落ち合う先は、神田鍋町の自身番だ。何かあった時は、構わねえ、金で人を走らせてくれ」

「へい」

鍋寅に、伝次郎が一朱金を渡した。

小半刻（一時間足らず）も経っただろうか、常七と男が楊枝《ようじ》を使いながら戸口に姿を現した。伝次郎にも鍋寅にも見覚えがなかった。ふたりは、通りに立って二言三言言葉を交わすと、左右に散った。

「行くぜ」

伝次郎は隼に言い、男の跡を尾け始めた。

男は、浜町堀に沿って南に下ると、栄橋の東詰のところで左に曲がり、久松《ひさまつ》町《ちょう》の通りに入った。

四日前の時は、この通りに入られて常七を見失っていた。

不意に横町に飛び込まれる場合を考え、通りの左右に分かれた。隼を見た。店先や屋台を覗きながら、さりげなく尾けている。身体の動きにも無駄がない。鍋寅の孫だけあって、筋はよさそうだった。

男が、右に折れた。隼のいる側だった。

隼は直ぐには曲がらず、十分な間合を取ってから横町に入った。

伝次郎は通りを横切り、隼に続いて角を曲がった。

背が目の前にあった。隼の背だった。

どうした？

口には出さず、前方を見た。閉められた腰高障子の外で、縄暖簾が揺れていた。

障子に書かれた文字は、《五平《ごへい》》と読めた。

「あそこか」二階建の居酒屋を顎で指した。

「へい」

「どう思う？」

「どうとは？」隼が訊いた。

「飲むために寄ったのか。それとも、中で誰かと落ち合ってるのか。あるいは、ここが悪い奴どもの巣窟《そうくつ》なのかってことだ」

「胡散臭《うさんくさ》いことだけは間違いないと思いやすが」

「確かにな」

《五平》の脇には、幅一間（約一・八メートル）程の横町が走っていた。裏に逃げることも出来れば、二階から屋根伝いに逃げることも、四囲を見張ることも出来た。

「下手に、近付けねえな」

「そう思いやす……」

「なら、俺らはどうしたらいい？」

「……ここは、待つしかねえか、と」隼が、恐る恐る言った。

「そうだ。待つしかねえんだ。じりじりしながらな」

ふたりは目立たぬように物陰に隠れ、凝《じ》っと男が出て来るのを待った。

尾けていることを気付かれた形跡は、なかった。ならば、裏から逃げられることは考えなくてよい。待った。四半刻（約三十分）が経ち、半刻（約一時間）近くになった。

「隼」

「へい」

「これは俺の勘だが、奴は出て来ねえ」

「へい……」

「だったら、ここにこうしていることはねえ」

伝次郎は通りを見回した。仕舞屋《しもたや》風の家が何軒かあった。

「切紙《きりがみ》は持っているか」

己が町方の手先だと証《あか》すための半切《はんきり》の紙のことで、八丁堀の同心名と己の名が記されていた。

「勿論でございやす」

隼が懐を押さえた。

「では、頼まれてくれ」

自身番に行き、ひとつは、《五平》の持ち主が誰で、いつから住んでいるのかを町内の書役《かきやく》から聞き出すこと。もうひとつは、見張り所にするために、仕舞屋風の家の中から、およそ悪事に加担するとは思えねえ家を見付け出すこと。都合ふたつのことを、大急ぎで調べて来るように言い付けた。

「旦那は、どちらに？」

物陰にいるとは言え、同じところに長居し過ぎていた。このまま隼の帰りを待っている訳にもいかなかった。

だが、近くには、蕎麦屋など身を隠しておくのに都合のいいところはなかった。

「あそこはいかがですか」

隼が、菓子舗を指さした。茶をもらい、菓子を食べているうちには戻ると隼が言った。

「そうさせてもらおうか」

隼の口許が花のようにほころんだ。

半刻も経たずに、隼が戻って来た。

「《五平》は、二年前に居抜きで買われておりやして、今の持ち主は繁蔵《しげぞう》、歳は三十八。越後の生まれで、以前は魚の棒手振《ぼてふり》をしていたそうでございやす。これらのことは、いずれも当人が町役人《ちょうやくにん》に話したことだそうです」

隼は更に続けて言った。

「見張り所ですが、《五平》の斜向《はす》かいにある《伊勢八《いせはち》》がよいかと思われやす。元団子屋でして、餡を絡めた団子は絶品だったそうでございやす」

「何ゆえ、商いを辞めたのだ？」

「団子を納めに出掛けたところで酔った勤番侍に絡まれ、腰の骨を折る大怪我《おおけが》をし、それが因《もと》で辞めたんだそうでやす」

「折角調べてくれたんだが、団子屋は止めておこう」

「どうしてですか」隼が、細い目を丸くした。

「侍に恨みを抱いている者んところに八丁堀が来たら、いい気持ちはしねえだろう」

「分かりやした。次のお勧めは、《伊勢八》の一軒措《お》いた隣にある、元煎餅屋《せんべいや》の《井筒屋《いづつや》》でございやす。こちらは、六年前に主人が病没すると、待ってましたとばかりに職人どもが辞めてしまったので、店を畳む羽目になったとか聞いておりやすが」

「いいじゃねえか。《井筒屋》にしよう」

「では、頼んで参りやす」

　飛び出そうとした隼を止め、染葉と鍋寅が常七の行く先を突き止めたか否か、神田鍋町の自身番まで走り、聞いて来るよう言った。

「雁首《がんくび》揃えていたら、ここまで連れて来い。《井筒屋》へは俺が行く」

「承知いたしやした」

　隼がふたりを伴って、《井筒屋》二階の見張り所に来たのは、一刻（約二時間）近く経ってからだった。

「済まねえ」と染葉が、項《うなじ》に手を当てながら詫びた。「見事に撒《ま》かれちまった」

　常七は日本橋に出ると、躍るような足取りで京橋の方へと向かった。同じ速さで歩いたのでは、尾けていることが露顕してしまう。止む無く十分な間合を取って、跡を尾けたのだが、程無くして人込みの中で、姿を見失ってしまった。自身番の者や、屋台の者に聞き込みを行ったところ、京橋から新両替町《しんりょうがえちょう》、銀座町《ぎんざちょう》を通って芝口橋《しばぐちばし》の方へ進んだことまでは分かったのだが、常七の歩みが知れたのはそこまでだった。

「尾けられていると気付いていないようなら、どうってことはねえ。上出来よ」

伝次郎が言った。

「この次は逃がしやせん」鍋寅が唇を嚙《か》み締めた。

「おう、その意気だ」

伝次郎は言いながら懐を探り、小粒を取り出した。今夜は染葉と交替で見張るから、鍋寅と隼は何か美味いものを買って、家に帰ってゆっくりと食って寝てくれ。

「何を仰しゃいやす」

鍋寅が粘ろうとしたが、染葉と己の夕飯と夜食を買って来ることと、組屋敷に行き、染葉と己が今夜は帰らぬ旨を家の者に伝えてくれる役を頼まにゃならねえから、と伝次郎が押し切った。

「それにな、隼には明日にでも《紅屋》の御内儀について噂《うわさ》を聞き回ってもらいてえんだ。だから、今夜は任せろ」

「承知いたしやした」鍋寅が小粒を拝み取りした後で、《五平》を指さし、旦那、と言った。「あの男のことを若旦那に訊いてもようございやすか」

新治郎に何を訊くと言うのか。伝次郎には分からなかった。

「旦那はご存じないかもしれやせんが、若旦那は裏の者に通じていなさいやす」

あいつが？　伝次郎の知らぬ、息子の一面だった。

「分かった……」

六

三月十二日。

明け六ツ（午前六時）を少し回った頃合だった。

《井筒屋》の階段を上って来る足音に、染葉が飛び起きた。

伝次郎は、細く開けた窓障子から離れ、階段の上がり端を見詰めた。

風呂敷包みを手にした新治郎に続いて、見慣れぬ男と鍋寅が見張り所の敷居を跨《また》いだ。

男は、新治郎が染葉と挨拶《あいさつ》をしている間、膝を揃えて控えている。

「そっちのは？」伝次郎が、新治郎に訊いた。

申し遅れました、と新治郎が男を手で示した。

「江尻《えじり》の房吉《ふさきち》と申します。常七が会っていた男が誰なのか、もしかすると分かるやもしれぬと思い、連れて参りました」

房吉が、ちらと伝次郎と染葉を見てから言った。房吉でございやす。

「駿河《するが》の出なのかい？」伝次郎が訊いた。

江尻は江戸から四十一里三十五町、東海道十八番目の宿で、由比《ゆい》、興津《おきつ》の次、府中《ふちゅう》のひとつ手前に位置していた。

「生まれは江尻と聞いておりやすが、お袋が死んでからは街道筋の旅籠《はたご》を転々としていたようで。物心ついたのは品川宿でございやした」房吉が冷めた物言いをした。

「親父さんは、板さんかい？」

「その通りで」房吉が顔を上げた。

「達者にしていなさるのかい？」

「六十五になりやすが、品川で元気にしておりやす」

「そいつは何よりだ。心配掛けねえようにな」

「へい」

「俺は」と伝次郎は、顔を振って新治郎を示した。「こいつの父親で、元八丁堀の同心だ」

「承っておりやす」

「ならば、話は早《はえ》。いたわってくれなくともよいが、親父さんより三つ年上になる」

「お元気で」

「そうでもねえんだが、こうして夜も寝ねえで見張っている。それもこれも、悪い奴どもが大嫌《でえ》いだからだ。お前さんも、嫌いかえ？」

「その盗《ぬす》っ人《と》仲間に、自棄《やけ》になっていた時に入っていたことがございやす。あの時、二ツ森の旦那に助けていただかなかったら、恐らく今頃は入れ墨者になっていたと思いやす」

「そうだったのかい……」

新治郎を見直す思いがした。同心の先輩としても嬉《うれ》しい話だった。

「父上、房吉は十手こそ持たせてはおりませんが、私の手先として働いてもらっている信頼出来る男です。ここに置いて行きますので、何か動きがあった時は使ってやってください」

「分かった。朝早くから済まなかったな」

「いいえ」

新治郎は脇に置いていた風呂敷包みを手に取ると、

「これは」と言って、差し出した。「伊都が作りました握り飯です。腹の足しにしてください」

「助かるぜ。よろしく伝えてくれな」

染葉に勧めた。染葉が早速手を伸ばしている。

「美味い……」

と言い掛けた染葉を、伝次郎が手で制した。

「出て来た」

《五平》の戸が開き、男が出掛けようとして、主の繁蔵と立ち話をしている。

「見てくれ」

伝次郎は窓辺から身を引いて、新治郎らと入れ替わった。

房吉が新治郎の耳許で囁《ささや》いた。新治郎と房吉の顔に、光が走った。

「誰なんでえ?」透《す》かさず伝次郎が訊いた。

「父上、大手柄ですぞ」新治郎が、浮き立とうとする心を抑えながら言った。

「あの男は盗賊・夜鳥の伊兵衛の右腕、腰越の佐田松だそうです。高輪の大木戸近くで、この房吉が見掛けたのですが、以後行方が分からなくなっていたのです」

新治郎は、南町奉行所が総力を上げて夜鳥一味を探していたことを話した。

「するてえと、《五平》の主ってのも……？」

「あいつも野市《のいち》の繁次《しげじ》という夜鳥の子分でございやす」房吉が答えた。

その野市の繁次と佐田松のふたりは、暫《しばら》くの間話していたが、佐田松が何か忘れ物をしたのか、懐を探ってから、またふたりして居酒屋に入って行った。

「出て来たら、尾けるぜ」

「ここは、お任せください」

新治郎が言った。

「そうか」伝次郎は素直に引くことにした。

しかし、佐田松どもの出て来る気配がない。

「どうして」と伝次郎が、目だけは《五平》から離さずに言った。「そんなに詳しいんだ？　よかったら聞かせてくれねえか」

「先程、盗っ人仲間に入っていたことがあったと申しましたが、東海道筋を荒らしていたんでございやす。街道筋は出入りが激しくて、盗みを働く度に組む相手が違うなんてことはざらでして、野市とふたりで盗みを働いたのは、小田原《おだわら》の宿でした。忘れるもんじゃござんせん」

「よく分かった。言い辛いことを話させて済まなかったな」

「いいえ。あっしがしちまったことですから」

「いい返答《こたえ》だ。俺は気に入ったぜ」

伝次郎に応え、房吉が僅かに背を屈めた。

「これは、大捕物になりますぞ」新治郎が、直ぐにも飛び出せるように立ち上がったままで言った。「後は、どこを狙っているかを探ることですね」

「その見当は、ついている」伝次郎が答えた。

「どこですか」

「まだ教えたくねえ」

「そんな」新治郎が、呆《あき》れたように首を横に振った。

「教えねえとは言っちゃいねえ。ちいと待ってくれと言っているんだ」

「いつまでですか」

「俺が納得するまでだ」

「よく分かりませんが、父上が何かを納得したら、そこに網を張れるのですね」

「悪いが、多分それは出来ねえ」

「どうしてですか」新治郎が拳を握り締めた。

伝次郎が答える寸前に《五平》の戸が開き、佐田松がひとりで出て来た。

佐田松は、眩《まぶ》しげに空を見上げると、懐手をして駆け出した。

「話は後だ。行け」

伝次郎が小声で叫んだ。

「私は何も納得しておりません。そのことは申し上げておきます」

「分かったから、行け」

新治郎と房吉と鍋寅が、階段を駆け下りて行った。

見張り所には、伝次郎と染葉と握り飯が残った。

「取り敢えず、食うか」

伝次郎が、握り飯を頰張った。いつになく塩が効いていた。

「美味いな」と染葉が言った。

伝次郎は黙って頷いた。


三月十二日。五ツ半（午前九時）。

二ツ森伝次郎は、浜町堀を渡り、人形町通りに出、元大坂町の《紅屋》へと向かった。

《紅屋》が、《紅屋》の娘の瀧《たき》が、どう変わったか、己の目で確かめるためだった。

《紅屋》の暖簾を潜るのは、二十五年振りのことになる。

暖簾に古びが付き、お店《たな》の拵《こしら》えに年季が入った以外は、何も変わっていそうになかった。

（変わっちまったのは、てめえの方か）

よっこらしょと足を踏み出し、お店に入った。

「いらっしゃいませ」

手代と小僧の威勢のいい声が、忽《たちま》ち身体を包み込んだ。

「何かお探しでございましょうか」

武家の隠居と見て、番頭が出て来た。眉の間が少しばかり余分に開いている顔には、見覚えがあった。二十五年前は手代をしていた男だった。

番頭は笑みを見せながら、目の奥でしっかりと値踏みをしている。

懐には、どれ程の金子《きんす》が入っているのか。買って行く相手は、古女房なのか、娘か嫁か、それとも囲っている妾《めかけ》なのか。

決めかねているのか、揉み手がなかなか終わらない。

「済まぬが、相談にのってくれぬか」

「はい……」

番頭の顔から笑みが消え、眉の間が更に開いた。

「実は、伜の嫁に匂い袋を贈りたいのだが、身共にはどれを求めたらよいのか、さっぱり分からぬ。何か、選んではくれぬか」

「お歳をお伺いいたしても、よろしゅうございましょうか」

「身共のか」

「まさか」

猫が顔を洗うような仕種《しぐさ》をして笑った。気色が悪い。二十五年前も、こんな仕種をしていたのだろうか。それとも、この二十五年の間に身に付けたものなのか。

「伜が四十二歳で、それより三つくらい下だった」

「ぴったりのお品がございます。少々お待ちの程を」

番頭は、つと立ち上がると、棚に並べてある木箱を順に調べている。番頭の手が止まった。瀧が帳場から番頭に声を掛けたのだ。

番頭は瀧の傍らに寄ると膝を突き、何事か答えている。瀧の顔が笑み割れた。

脂ののった頬と項が生き生きとしている。

娘なのか、瀧によく似た若い女が奥から現れると、瀧に耳打ちし、直ぐさま内暖簾の中に消えた。瀧が帳面をつけながら思い出し笑いをしている。

「お待たせをいたしました」

「今の娘御が、お嬢さんかな？」

伝次郎は内暖簾の奥を目で指して訊いた。

「左様でございますが」

「御内儀もきれいだが、お嬢さんもきれいだな」

「ありがとう存じます」

「婿《むこ》殿には、困らぬであろう？」

「どうでしょうか……」

番頭は愛想笑いを浮かべると、これが、と言って桐の小箱の蓋《ふた》を開けた。

香《かぐわ》しいかおりが、伝次郎の鼻をくすぐった。

「《都忘《みやこわす》れ》という、とても評判のよいお品でございます」

改めて、においを嗅《か》いだ。与力の奥様の近くにお寄りした時のようなにおいがした。

「もらおうか」

「お代で、ございますが」

「今ここで払う」

「一分に、なりますが」

一両の四分の一、約二万円である。

「そんなに高いのかい？」

思わず訊いてしまった。

「御武家様、《都忘れ》は、使われている香が違います。もし何でしたら、別のと」

「いや、構わぬ。これでよい」

「左様でございますか。では」

袱紗《ふくさ》に見立てた色紙で包んでいる。丁寧な仕事振りは感じ入ったが、蔵の中の金も想像がついた。

お店を出ると、隼が斜向かいの路地の入り口にいた。隼は、伝次郎の見送りに出ていた者がお店に入るのを待って、そっと歩み寄って来た。

「どうだった、評判は？」

「悪いところはございません。昔のことを口にする者はひとりもおりませんでした」

「亭主ってのは、どんな野郎なんだ?」

「五年前に卒中で倒れてからは、ずっと寝たきりだそうです。面倒は母子でしっかりと看《み》ているという話です」

「出来が良過ぎねえか」

「もしおれが御内儀で、二十五年前のことを悔いているのなら、出来がいいとか悪いとかではなく、看病すると思いやす」

隼が、怒ったように口を尖らせている。帳場に座っていた瀧の姿を思い描いた。自信に満ちていた。

「ここは、隼の説を採ろうじゃねえか。ご苦労だったな」

「へい」

隼が、斜め後ろから頭を下げた。

「遠回りで済まねえが」

新治郎、房吉とともに常七を追っていた鍋寅から、何か知らせがあるかもしれない。

伝次郎は、隼に神田鍋町と《五平》の見張り所に寄ってから奉行所に来るように言い、自身は一足先に奉行所に足を向けた。新治郎の話を聞き、夜鳥一味だと知った奉行所がどう出るのか気になったのだ。だが、奉行所に行くには、懐に入れた匂い袋が気になった。

何かよいにおいが、などと年番方与力の泥亀に言われたくなかった。

組屋敷に寄ることにした。

木戸を開けると、菜園にいた伊都が、驚いたように立ち上がった。

「まあ義父上様、いかがなさいました？」

髪に掛けた手拭《てぬぐい》を慌てて外している。帰りが早過ぎたのだ。まだ、昼前だった。

伝次郎は、一度咳払《せきばら》いをしてから、握り飯の礼を言った。

「美味かった。染葉も褒めておったぞ」

「はい」

伊都の顔がほころんだ。伝次郎は、袂《たもと》に入れていた包み紙を伊都に差し出した。

「ちと《紅屋》を覗いたら、よい香りがするでな、求めてしもうた。《都忘れ》

という匂い袋だ。よかったら、使うてくれ」

「私に、でございますか」伊都が土に汚れた手を宙に浮かせたまま、己を指さした。

「正次郎のはずがなかろう」

「ありがとうございます。嬉しゅうございます」

「いやいや、そんなに礼を言われる程のものではない」

「お高かったでしょう？」

「まあ、何と言うか、高かった」

「大切にいたします」

「うむ」

伊都は、手の上に広げた手拭で、伝次郎が差し出した包みを押しいただいた。

「では、な」

伝次郎は、木戸を押して組屋敷を出た。何かひどく気持ちがよかった。

やはり卵焼きを土産に買ってやるか。

奉行所へと急いだ。

七

数寄屋橋御門を通り、南町奉行所の大門を潜った。

再出仕の件が既に伝わっているらしく、門番が慇懃《いんぎん》な挨拶をした。

玄関へと行き掛けて、同心の手先が詰めている大門裏の控所を覗いた。御用聞きや手下がひしめく隅に房吉がいた。

伝次郎は房吉を控所の外に呼び出して、常七尾行の首尾を尋ねた。

「旦那には？」

新治郎に会ったのかと訊いているらしい。

「まだ会っちゃいねえ」

「でしたら」と言って、房吉は背が見える程頭を下げた。「旦那に訊いてください」

「俺には言えねえのか」

「申し訳ござんせん。そのように決めておりますもので」

「分かった。訊かねえ」

伝次郎は当番方与力が詰めている玄関を通り、定廻り同心の詰所に行った。新治郎の姿が見えなかった。筆頭同心の沢松甚兵衛《さわまつじんべえ》に訊いた。

「只今《ただいま》、年番方与力の詰所で百井様と面談中です」

「そうかい。ありがとよ」

「再出仕の件、御支配から伺いました。おめでとうございました」

御支配とは、同心支配のことで、年番方与力を指した。

「いつ聞いた？」

「今朝のことです」

「遣り難いこともあるだろうが、よろしく頼むぜ」

百井を泥亀と呼んでいたように、沢松を甚六《じんろく》と呼んでいた。一丁前の顔をして町回りをしていた沢松を、一から鍛え直したのは伝次郎だった。

沢松が困ったように頷いた。

甚六を構っている暇はなかった。

勝手知った板廊下を、年番方与力の詰所に向かった。

百井と新治郎は、詰所の中で差し向かいに座り、江戸の実測図である『江戸大絵図《えどおおえず》』を覗き込んでいた。

「御免」

敷居の外から声を掛け、返事を待たずに詰所に入った。

「父上……」

「………」

百井が、煙たそうに眉を顰《ひそ》めた。

「夜烏が狙っているお店はどこか、教えてくれぬらしいな」

「いや、教えましょう」

「実《まこと》ですか」

「隠すつもりは、端《はな》からねえ。ただ、俺の知らねえところで先走りされたくなかったから言わなかったんだ」

「どこです?」

「その前に、常七の尾行はどうなった?」

「突き止めました」

「でかした。どこへ行った? 高輪の大木戸近くか」

「どうしてそれを?」

事の始まりは、そこらで佐田松を見掛けたんだろうが。佐田松が意味なくうろついていたとも思えねえしな。猿だって動き回る時は、何か考えがあってのことだ。それで、どこに入ったんだ？

「茶屋か仕舞屋か寺か、どれだ？」伝次郎が訊いた。

「茶屋でした……」

「まあ、そんなところだろう。悪党面したのが、いっぱいいたのか」

「五人程」

「東海道をやって来たのが、一旦茶屋で旅仕度《たびじたく》を解き、少しずつ《五平》に行き、襲うって訳だな」

おう、と伝次郎が、突然叫んだ。

「鍋寅は、どうした？　房吉の奴は控所にいたから、まさか爺さんをひとりにして来た訳じゃあるめえな」

「そんなことをいたしますか」

新治郎が口の端を吊り上げた。常七の跡を尾けていると、鍋寅が卯之助を呼ぼうと言い出した。卯之助は、新治郎の手先である。新治郎に否やはなかった。否やどころか、ことがこのような方向に進むと分かっていたならば、初手から卯之助を連れて来ていただろう。

「自身番の者を卯之助の家に走らせる一方で、こっちは常七の跡を尾けながら、道筋にある自身番にどこそこへ向かうと伝え、追って来させたのです」

「では、鍋寅と卯之助が見張っている訳だな」

「左様でございます」

「話は分かったが、長い。もっと手短に言え」

「どこなのだ？」百井が我慢出来ずに尋ねた。「夜鳥が狙っているのは？」

「元大坂町の白粉問屋、《紅屋》です」

「何ゆえ《紅屋》と思うた？」

伝次郎は、常七を最初に見掛けたところから、二十五年前の一件に溯《さかのぼ》って話した。

「恐らくは、常七が夜鳥に《紅屋》の内情やら蔵の中身を教え、けしかけたのではないかと思います」

「それで、何ゆえ押し入る日にちも分からぬのに、網を張ってはならぬのか」

「話を聞いておられましたか」

「勿論、聞いていた」百井が憤然として言った。

「だったら分かりそうなものではありませぬか」

「過ぎても構わねえ。ここで《紅屋》に狙われていると告げ、先導役を果たしているのが常七だと言うのは簡単なこった。だがな、《紅屋》に何か罪や落ち度があるのか。何もありゃしねえじゃねえか。人には、触れられたくもなければ、思い出したくもねえ過去ってもんがある。お縄のためとは言え、真っ当に生きている者の心を波立たせてはならねえんだよ」

憤然としている伝次郎を見て、これが父なのだ、と新治郎は思った。怒り、猛り、喚《わめ》く。が、それは弱い者を思い遣ってのことなのだ。しかし、新治郎は心とは違うことを口にした。

「父上のお心もよく分かりますが、元は若い時の己の過ちでしょう。夜烏のためにどれだけの人の血が流れたか。そのことを考え合わせると恩情が過ぎると思われますが」

「そのための《五平》だろ。押し入るには人数が揃わなければならねえんだ。集まった時が、その日に決まっているだろうが」

「分かった」と百井が、新治郎の膝を叩いた。

「ここは、そなたの父の方に分があるように思う。《紅屋》には何も気取られぬ

「父上、お言葉が」

ように配慮《はいりょ》いたせ」

「承知いたしました」

「それとな」

《五平》と高輪大木戸近くの茶屋の見張りに人を送り、今詰めている者を休ませるように言った。少しでも動きがあれば、直ぐにも知らせるよう念を押しておくようにな。

新治郎は、百井と伝次郎に頭を下げ、急いで詰所を出て行った。

「よい伜を持ったな」百井が呟くように言った。

「そうでしょうか」

「私の言いたいことを、先に言ってしまった。私が言い返したのでは、意地になって纏《まと》まる話も纏まらなくなるでな」

(成程、年番方になっただけのことはあるようだな。少しは、己のことが見え、他人の心も読めるようになったではないか)

と泥亀に言ってやりたかったが、褒めているようには取られそうになかったので、違うことを口にした。

「私どもも《五平》を見張らせていただけませぬか」

「もうよいであろう」

「ことの成り行きを見定めたいのです」

「見てどうする？」

「備忘録に書き加えたいのです」

「付けているのか、そのようなものを？」

「はい」

「昔から？」

「いえ、始めたばかりで」

「どういう風の吹き回しなのだ？」

「染葉に論語を読むよう言われまして、このところ少しずつ読んでいるのですが」

「今、どこを読んでいる？」

「まだ『學而《がくじ》』を」

「最初だな。それで？」

「曾子《そうし》曰く『吾《われ》日に吾が身を三省《さんせい》す』とありました。曾子って人は、日に何度か反省すると言っているのです。私はこの年になるまで、殆ど反省とは無縁に過ごして参りました。そのことで、恐らく多くの方々に嫌な思いをさせたのではないかと、今になって恥じておりまして、そのようなことを……」

「書いておるのか」

「まあ……」

「二ツ森さん」百井が、膝をにじりながら手を伸ばして、伝次郎の手を摑《つか》んだ。

「いやいや、同心、与力と身分は違えど、先輩なのだ。敢えて《さん》付けで呼ばせてもらうが、あなたの口からそのような謙虚な言葉が出ようとは。……私は感動している。今初めて、あなたが再出仕してよかったと思っている」

今初めて……、だと。この野郎、ぬけぬけとよくも言いやがったな。今に見てやがれ。伝次郎は表情を悟られまいと俯《うつむ》けていた顔をそっと起こし、百井に尋ねた。

「成り行きですが、見ていてもよろしいでしょうか」

百井が大きく何度も頷いた。

八

　そして、三日が過ぎた三月十五日、大木戸近くの茶屋から、ふたり、三人と、都合五人が居酒屋の《五平》に移った。

「今夜か明日の夜であろう」

　新治郎が下した結論だった。知らせは、直ぐに奉行所の百井と見張り所の伝次郎らに伝えられた。

「今夜はありませんな。明日でしょう」染葉が、あっさりと言った。

「どうしてです？」隼が訊いた。

「肝心なのが、まだいねえんだよ」伝次郎が、《五平》を顎で指した。

「夜鳥の伊兵衛が、来ていねえってことだ」鍋寅だった。

「その伊兵衛ですが」隼が三人を見回した。「どんな人相かご存じなので？」

「知らねえ」染葉が答えた。伝次郎と鍋寅が、声を揃えた。新治郎が使っている房吉も、伊兵衛の顔だけは知らなかった。

「なら、来てるかどうか、分からねえじゃないですか」

「ところが、分かるんだ」伝次郎が、微かに笑みを浮かべた。

「においって奴でな」染葉が、窓障子から顔を離した。

「誤魔化《ごまか》せねえんだよ。染み付いたにおいは」鍋寅が、どこか浮き浮きしたような声で隼に言った。

　染葉が、今若いのがひとり入った、と小声で呟きながら、巻紙に筆で《一《いち》》と書き足した。この三日間の人の出入りが克明に記されている。

「これで主も加えると都合十三人。雑魚《ざこ》は揃ったな」

「ぬかるなよ」伝次郎が染葉に言った。

「誰に言ってやがる。早く寝ろ」

「次は俺たちじゃねえ」伝次郎は隣室に目を遣った。「柿沼《かきぬま》の小倅と孫次郎《まごじろう》んとこの抜け作だ」

　ふたりの父親である柿沼双兵衛《そうべえ》と井手《いで》孫次郎は、ともにかつての同心仲間だった。倅ふたりは、代を継いではいるが、まだ本勤並から本勤になったばかりであった。経験もなければ、才覚にも恵まれていそうにない。しかし、そのふたりだけが、奉行所から送られて来た見張りの助っ人《すけと》だった。

「あんな笊《ざる》どもに任せておいたら、夜鳥なんぞ永久に捕まらんぞ」

「違《ちげ》えねえ。親父に次いで倅のお守りもしてやるか」

寝るぞ。伝次郎は隼に声を掛けたところで、隼が娘であることを思い出した。

「くっついて来るなよ」

「おれは身持ちが堅いんですから、妙なことは言わないでください」

伝次郎は隣室の隅で横になり、隼は廊下の突き当たりで、敷布団《しきぶとん》に包《くる》まって眠りに就いた。

一刻(約二時間)も眠れば、伝次郎には十分だった。

起き出して行くと、染葉と交替した若いふたりが見張りに付いていた。

「変わったことは?」

「何も」

「父に言われました。よい機会だから、二ツ森さんの動きをしっかり見ておけ、と」

柿沼の倅が言った。

「こんな幸運はない、とも言われました」抜け作だった。

「そうかい。だったら、茶でも淹《い》れてくれるか」

ふたりは同時に立ち上がり掛けて、ひとりが座った。

「ちと夜風に当たりたい。代わってくれねえか」

伝次郎は窓辺に腰を下ろし、《五平》を見下ろした。月明かりを浴びた腰高障子が青白く光っていた。きれいだった。静かだった。この静けさの奥で、悪事の相談がなされているとは信じられなかった。

茶が来た。湯気が盛大に上っている。

ありがとよ。

もう眠れないからと、伝次郎が見張りに付いた。半刻が経ち、一刻が過ぎた。抜け作が睡魔に負け、横になった。柿沼の伜は、どうにか堪えている。

早立ちの者がいるのか、どこかで、密《ひそ》やかな音がする。

暁七ツ（午前四時）の鐘が鳴った。表の通りを走って行く足音がした。

七ツ半（午前五時）。三十六見附《みつけ》の小扉の開く刻限だった。納豆売りの声が、遠くから微かに聞こえて来た。来るのか。路地の奥を見ていたが、声は近付いて来る気配もなく消えてしまった。

夜が白み始めて来たところで、染葉と代わった。

どれくらい寝たのか、ふと目が覚めた。

頭をもたげて、部屋の中を見回した。柿沼の伜と抜け作が、鼾《いびき》を掻いて寝ていた。

隣室に行くと、染葉と隼が窓辺にいた。寝ている間に来たのだろう、卯之助の手下の半六が、所在なげに部屋の隅にいる。

「いま何刻だ？」誰にともなく訊いた。

「六ツ半（午前七時）を過ぎたところです」半六が答えた。

「変わったことは？」

「何も」染葉が首を横に振った。

「あれは……」《五平》を見下ろしていた隼が、伝次郎と染葉を手招きした。三つの顔が細い隙間《すきま》に縦に並んだ。

頬被《ほおかむ》りをし、汚れた半纏《はんてん》を着込み、青菜を入れた籠を背負ったふたりの男が、道奥から《五平》の方へと歩み寄っている。頬被りに隠れ、顔立ちは見えない。

歩き方を見た。踏み出す一歩に、身体の重みが乗り過ぎている。長丁場《ながちようば》を行く歩き方ではなかった。

「百姓じゃねえぞ」伝次郎が言った。

「隼、よく見抜いたな」染葉が言った。

ふたりは《五平》に近付くにつれて歩む速度をゆるめ、辺りを見回した。

ふたりの横顔が見て取れた。ひとりは若く、もうひとりは五十絡みだろうか、眼光に鋭さがあった。ふたりは、ためらいもなく《五平》の裏に回り込んでいる。

裏の戸口は、見張り所からは短冊のようにしか見えない。しかし、伝次郎らには、それで十分だった。ふたりの動きは、はっきりと見えた。

若い方が裏戸をそっと叩いた。間髪を容《い》れず、裏戸が開いた。ふたりは吸い込まれるように、《五平》の中に姿を消した。

「夜鳥だな」と窓障子から離れながら伝次郎が言った。

「首を賭《か》けてもいいぜ」染葉が応じた。

「食えねえものは賭けるな」

隼の顔が内側から弾けた。口が大きく開いている。白い大きめの前歯が可愛かった。

伝次郎は、隼の笑顔に応えてから、振り向きざまに言った。

「出番だぞ」

半六が己の鼻の頭を指さした。

「お前の他に誰がいる？　奉行所まで、走ってくれ」

日が沈み、夜になった。

何度か時の鐘が鳴り、鳴る度に町や通りから人が消えた。

既に、三十六見附の大扉が、長屋の木戸が、町木戸が閉められている。もう少しで夜九ツ（午前零時）の鐘が鳴る。鐘の音が止むと同時に、三十六見附の小扉に閂《かんぬき》が掛けられ、江戸市中に設けられた門のすべてが閉ざされる。

見張り所には、伝次郎、染葉忠右衛門、鍋寅に隼、卯之助と半六、そして新治郎の他、ふたりの同心が詰めていた。柿沼の倅と抜け作である。

新治郎らは、夜烏一味に動きがあった時は、いつでも飛び出せるよう、捕物出役の装束に着替えていた。即ち、鎖帷子《くさりかたびら》を着込み、鎖鉢巻《くさりはちまき》を締め、籠手《こて》に臑当《すねあて》を着け、着物を尻っ端折っているのである。

夜烏と供の者が《五平》に入り、十五人になっていた。これ以上人数が増えるとも思えなかった。今夜中に《紅屋》に押し入ることは間違いなかった。

後は、このまま《五平》を取り囲んでお縄にするか、《紅屋》へと向かう途中で待ち受けるか、いずれかだった。

「何と言われているんだ？」伝次郎が新治郎に訊いた。

「ぎりぎりまで待つそうです」

百姓に化けていた男が夜鳥の伊兵衛だという証《あかし》は、どこにもなかった。万一にも間違いであれば、みすみす伊兵衛を取り逃がすことになってしまう。それを恐れ、押し込みに出掛ける寸前まで待つように、と指示されているらしい。

「踏ん切りの悪い泥亀《わりおとこ》だな。飯は炊けてるんだ。早く食わねえでどうするんだ」

「父上」新治郎が強い口調で諫《いさ》めた。

「気が抜けちまうんだよ。こうのんびりしてるとよ」

伝次郎が窓障子の隙間に顔を押し付けた。

新治郎が染葉を見て、溜息を吐いた。染葉が新治郎の臑当をぽんと叩いて、よいもんだな、と皆に聞こえるように言った。

「私は、出役姿が好きだった」

染葉は小さく笑うと、ところが、と言って伝次郎に目を遣った。

「親父殿は嫌いでな、何かにかこつけては忙しそうに振舞い、着替える暇がなかったと、見回りの姿で出役に臨んだものだ」

「どうして嫌いなのですか」隼が、伝次郎と染葉を交互に見ながら訊いた。

「それだ」と染葉が、新治郎らが脇に置いている刀を指した。「刃挽刀《はびきのかたな》が気に入らなかったのよ」

刃挽刀とは、刃を挽《ひ》き潰《つぶ》し、斬《き》れなくした刀剣を言った。罪人を捕える。組み伏せるか、十手で相手を打ちのめすか、あるいは刃挽刀で斬り結ぶか。刃挽では、相手と斬り結べても、斬り伏せることは出来なかった。

「例外はあったが、生きたまま捕えることを命じられていた。それを親父殿は、手緩《てぬる》いと言った。真剣で捕縛に行き、抗《あらが》ったら斬る。だからこそ、相手は死の恐怖に脅《おび》えるんだ。二度と悪さはしたくねえと、思い知らせなくては、悪は尽きるもんじゃねえとな」

「それで通りました？」隼が、訊いた。

「親父殿の偉いところは、それを仲間内に言わずに、年番方与力や御奉行に言ったことだ。堂々とな」

「大丈夫でしたか」柿沼の倅が、恐る恐る言った。

「何度か定廻りを降ろされそうになったが、不思議と降ろされなかったのは、皆にも同じ思いがあったからだろうな」

「いい加減にしねえか」伝次郎が、声を潜めた。「出て来やがったぜ」

新治郎は若いふたりを手で制しながら立ち上がると、伝次郎に代わって《五平》を見下ろした。

裏の戸口から、黒い影が湧き出していた。

通りを走り抜け、《紅屋》を襲い、後は舟で浜町堀を下って逃げるつもりなのだろう。

筋は読めていた。

「父上はお出になられぬよう」

「分かっておるわ」

「行くぞ」

新治郎は若いふたりに言うと、腰に刃挽刀を差し、十手を手にして階下へと急いだ。

「行くのか」染葉が訊いた。

「当ったり前《めえ》だろう」伝次郎が太刀《たち》を手にして、新治郎らの後に続いた。染葉と隼は、窓障子に駆け寄って、通りを見下ろした。新治郎らが行き、その背後から伝次郎が賊を追い掛けようとしていた。

「始まるぜ」

染葉の言葉と同時に、久松町の大通りから喚声が上がった。

町方が夜鳥一味を取り囲んだのだろう。

「行くか」染葉が隼に言った。「俺から離れるんじゃねえぞ」

隼が頷くのを見て、階段を下り、戸を開け、外へ出た。

捕方と夜鳥一味の、入り乱れた足音と刃の嚙み合う音が、通りを覆っていた。

走った。

「伝次郎、どこだ？」

叫んだ染葉の袖《そで》を、隼が引いた。

伝次郎が《五平》への通りを塞《ふさ》ぐように立っていた。

賊のひとりが、匕首《あいくち》を手に通りに駆け込んで来た。

「退《ど》け」賊が怒鳴った。

「誰に言ってやがる」

「何を」賊が、月明かりの中に顔を晒《さら》した。弁天の常七だった。

「よいところで会った。てめえは追放の身も省みず、よくも悪さを企んでくれたな。逃がさねえぜ」

「……そう言うお前さんは、二ツ森の旦那じゃござんせんか。驚いたぜ。もう疾うに辞めたと思っていたのによ」

「戻って来たのよ、てめえどもを捕えるためにな」

「年寄りは引っ込んでてもらおうか。怪我ぁするぜ」

「教えろ」伝次郎が、鋭く言い放った。

「何をでえ」

「《紅屋》を襲おうと、てめえが夜鳥に話を持ち掛けたのか」

「だったら、どうなんでえ」

「狙いは、どっちだ。蔵の中身か、御内儀か」

「両方だったら、悪いかよ」

「この外道奴《げどうめ》が」

「うるせえ」

常七が匕首を振り翳《かざ》した。その胸許に飛び込んだ伝次郎が、抜き払った太刀を、渾身《こんしん》の力を込めて、袈裟《けさ》に斬り下げた。

常七の黒い盗っ人装束が裂け、肩骨が、胸が断たれ、臍の上で太刀が止まった。上半身がゆるゆると左右に離れ、血飛沫《ちしぶき》とともに臓物が飛び散った。

短い悲鳴とともに、伝次郎の背後で水音が立った。

染葉の横で、隼が胃の中身を吐き出していた。

「刀が曲がっちまったぜ」

伝次郎は懐紙で血を拭《ぬぐ》うと、柄《つか》と刀身を掴み、膝小僧に押し当て、ぐいと手前に引いた。

「直った」

鞘《さや》に納めたところに、百井亀右衛門が駆け付けて来た。

地面を覆い尽くしている常七の血と腸を見て、一瞬息を呑んでから問うた。

「其の方、これは何だ？」

「捕えるつもりでいたのですが、相手が激しく抗《あらが》うもので、このような仕儀になってしまいました。年ですな」

「其の方は、何も変わっておらぬ……」

百井は、大きく首を横に振ると、

「話すことがある」と言った。「四ツ半（午前十一時）に儂《わし》の詰所に参れ」

染葉の名を呼び、其の方も参れ。百井は踵《きびす》を返すと、二度と振り向かずに通りを離れて行った。

伝次郎が、血溜りの中から足を引き抜いた。雪駄に載せた足袋《たび》が赤く縁取られていた。

「済まぬな。付き合わせて」

「何、いいってことよ」染葉が慣れた調子で答えた。「一眠りして、すっきりしたところで、行くか」

九

年番方与力の詰所には、百井亀右衛門がひとりでいた。

「二ツ森伝次郎、染葉忠右衛門を伴い参上しました」

伝次郎が詰所の敷居の手前に膝を突いて言った。

「入るがよい」

「では」

伝次郎に続いて染葉が詰所に入った。

「昨夜はご苦労であった。夜鳥を始め、主立った者はすべて捕縛した。大木戸近くの茶屋の者も、遺漏なく捕まえたゆえ、お縄に掛けた者十五人、止むなく斬り捨てた者ひとり、逃げられた者ひとりという成果であった。これには、御奉行も大層満足なされておる」

百井は、茶を一口飲むと、続けた。

「取り分け、弁天の常七を執拗に追った其の方らの活躍には、目を見張らせるものがあった。矢張り、定廻りとして名を馳《は》せた者は違う、と儂も思うた。素直に一番手柄を喜びたい」

しかし、と言って百井が、正面から伝次郎を見据えた。目に赤い筋が、走っている。

「三ツ森」

《さん》が付いていなかった。

「其の方は、捕物に関しては先輩であった。同心、与力の地位を越え、教えを受けることも多々あった。だが、今儂は年番方与力として同心を支配するお役にある。其の方らの再出仕組も儂の支配下にある。そこで言う。これからは、犬に徹せよ」

染葉は思わず伝次郎を見た。伝次郎は眉ひとつ動かさずに聞いている。

「同心は、悪のにおいを嗅ぎ分ける犬であればよいのだ。間違っても狼《おおかみ》になろうと思ってはならぬ。分かったな？」

「肝に銘じまする」

染葉が答えた。

「二ツ森、其の方は？」

「私も、肝に銘じまする」

伝次郎が言った。

「肝に銘じようが、この男は必ず牙を剝《む》く」と百井が染葉に言った。「その時は、鞭《むち》をくれて、矯《た》めてくれ。頼んだぞ」

染葉が畳に手を突いた。

「昨夜、あれから一味の者を問い詰めた。其の方らが睨んだ通り、常七が《紅屋》を襲うなら手伝う、と夜鳥に持ちかけたという話であった」

話はそれだけだ。下がってよいぞ。百井が言い終えてから、膝を打った。

「肝心なことを忘れていた。十手の所持は勿論のこと、其の方らの詰所を奉行所内に設けることもお許しくだされた。永尋の控帳もたまっておるゆえ、直ぐにも着工いたすことになろうが、出来上がるまでには暫くかかる。それまでは仮の詰所で我慢してくれ」

「それは、どこに？」

「奉行所内の空き部屋を使うてもよいし、どこぞを借り受けてもよい。好きにいたせ」

「では、神田鍋町にある元の手先の家でも?」

「構わぬ」

「ご配慮、ありがたく頂戴します」

「初めてかもしれぬぞ、其の方に礼を言われたのは」

「以後、多々あるとよろしいのですが」

「期待しておるぞ。それと、十手を持つ以上、明日からは同心の身形《みなり》をするようにな」

遠目にも八丁堀の同心だと分かる姿であった。

髷を小銀杏《こいちょう》に結い、着流しに三ッ紋付きの黒羽織を羽織り、裏白の黒足袋で足をかため、雪駄を履く。馴れ親しんだ姿だった。

「まだある。其の方らふたりだけでなく、後四名の者を選んでおくことも忘れずにな」

「心得ました」

詰所を出ようとした伝次郎を、百井が呼び止めた。

「論語は、まだ読んでいるのか」

「止めました」

「何日程続いた？」

「捲《めく》っただけですので」

「儂もまだ甘いな」

「そのようですな」

染葉が、何だ、どうしたのだとでも言いたげな顔をして、ふたりを交互に見詰めた。


その夜、竹河岸の《時雨屋》で、ささやかな酒宴が張られた。

夜鳥一味を捕縛した祝いと、再出仕組永尋掛り同心として再び奉行所勤めに出る祝いを兼ねたもので、集まったのは伝次郎と染葉忠右衛門、そして鍋寅に隼、卯之助と手下の半六という顔触れだった。

杯の応酬が一通り終わったところで、鍋寅が洟《はな》を啜《すす》り上げた。

「こんな日が来るとは、思ってもおりやせんでした」

「何を仰しゃいやす。もう一花咲かせておくんなさいやし」卯之助が鍋寅の杯に酒を注いだ。

「そうだぜ」伝次郎が杯で指した。「また昔のように、駆け回ろうぜ」

「走って、息は切れぬのか」染葉が、目を丸くしている。

「言葉の綾《あや》だろうが」

「何だ、綾か」

「此度《こたび》のことで、泥亀の奴に、走れぬようならば若い者を推挙せよなどと言われたが、遠くは走れねえな」

「出過ぎたことを申しますが」と卯之助が身を乗り出すようにして言った。「ご自身が走らずとも、お指図なされればよろしいんじゃござんせんか」

卯之助は、杯を置き、居住まいを正すと、鍋寅に視線を向けた。

「親分、頼みがございやす。聞いちゃいただけやせんか」

「何でえ、改まって?」

「隼のことでございやすが、親分の許に修業に出したいんでございやす。お引き受けいただけやすでしょうか」

一番の下座にいた隼が、親分、と言って卯之助を見た。爺ちゃんと捕物をするのは、この一件限りということでお頼みしたんで。

「てめえは口出しするな」卯之助が隼を一喝してから言った。「亡き吉三《きちぞう》親分の忘れ形見でございやす。筋はいい。間違いなく、情のあるいい親分になると思っておりやすが、鍋寅の親分が御用に戻られるんなら、あっしが親分にいろはから教わったように、隼にもいろはから教えてやっていただけやせんでしょうか。勝手なお頼みでございやすが、何としてもお引き受けいただきてえんで」

鍋寅は杯の上澄みを嘗めるようにして飲むと、

「ありがとよ」

額を深く沈めるようにして頭を下げた。

「おめえの気持ちは嬉しい。涙が出る。しかし、一度はおめえに預けた奴だ。粗相があって戻されたのならまだしも、それ以外《いげえ》のことで戻って来させる訳にゃいかねえ」

「大旦那」

卯之助が縋《すが》るような目をしている。

新治郎の手先である卯之助は、新治郎を旦那と呼び、伝次郎を大旦那と呼んだ。大店の主じゃあるめえし、何とかしろい。文句を言ったこともあったが、今では慣れてしまっている。

「走れるか」伝次郎が染葉に訊いた。

「半町（約五十五メートル）程ならな」

「お前は？」鍋寅に訊いた。

「もちっとは走れるかもしれやせんが、ここ何年と走ったことは……」

「だろう？　俺たちゃ年なんだよ。年を取ったら、若い者に助《す》けてもらうことを拒んじゃならねえと思うが、どうだ？」

へい。鍋寅が頷いて見せた。

「よし」と、伝次郎が言った。「これで決まりだ」

卯之助が隼に言った。

「親分のお手伝いをしろ。そして捕物のすべてを親分から教えてもらい、一回り大きくなって戻って来い」

「ありがとうございやす」

隼が、膝をにじるようにして下がると、両の手を突き、間に顔を埋めた。

「この御恩は忘れるもんじゃござんせん」

顔を起こすと、鍋寅の許に擦り寄り、袖を摑んだ。

「爺ちゃん、おれ思ってたんだ。爺ちゃんと一緒に捕物をしたいって。そして、爺ちゃんの知っていることをすべて教わりたいって。おれ、頑張るよ。頑張って、流石は鍋寅の孫だって、世間の人に言わせてみせるよ」

「その意気だ」

伝次郎に続いて皆が、隼に声を掛けた。

「ありがてえよ。これで俺は、いつお迎えが来ても、思い残すことなんざ、何にもねえよ」

大粒の涙を流す鍋寅を、皆が叱った。今死なれたら、この盛り上がりが無駄になっちまうじゃねえか。

「違《ちげ》えねえ」

鍋寅が掌で額を叩いた。

それを潮に、酒と肴《さかな》が膳を埋め、無礼講となった。

一刻程が経っただろうか、《時雨屋》の戸がするすると開き、無愛想な若侍が入って来た。

気付いたのは、卯之助だった。

「若」

伝次郎の孫の正次郎だった。素早く立ち上がり、出迎えた。

「お珍しいところへ。どうなさいやした?」

「父から、飲み過ぎるなと伝えるよう言われて来ました」

伝次郎の手許を見詰めている。銚釐が並び、箸が乱れて置かれていた。

「大旦那なら大丈夫でございますよ。酒に飲まれるお方ではござんせん」

正次郎に気付いた伝次郎が、手を挙げて応えた。

「何かあったのか」

卯之助から新治郎の言葉を伝え聞いた伝次郎が、顔を顰《しか》めている。

「まあ、どうぞ」

卯之助が、正次郎を座に招き入れた。

杯を受けた正次郎が、隼に目を留めた。隼は、卯之助の供をして組屋敷の前までは行ったことがあったが、木戸から中へ入ったことはなかった。

「失礼だが、そなたは女子《おなご》か」

「おれは男でございます」

「実《まこと》か」正次郎が、まじまじと見詰めた。

「実です」

「そうは見えぬが」

「娘でございます」卯之助が言った。

「やはり、そうではないか」口を尖らせていたが、思い直して、名乗った。「正次郎と申す」

「隼にございます」

「いつもそのような姿をしているのか」

「おれの勝手でございます」

隼は正次郎に小さく頭を下げると、鍋寅の隣に席を移してしまった。

正次郎は、杯をいじくりながら伝次郎を見た。何やら楽しげに、手を振り回して話している。どうせ捕物の話なのだろう。

（何がそんなに面白いのだ？）

誰かに訊きたかったが、とても言える雰囲気ではなかった。

第二話　嫌な奴

一

三月二十四日。
夜鳥の一件が落着して、八日が過ぎた。
いつの間にか、躑躅《つつじ》や牡丹《ぼたん》が満開に咲き誇り、道行く人の目を楽しませていた。
この日の昼四ツ（午前十時）——。
二ツ森伝次郎は、鍋寅と隼と半六を伴い、湯島天神《ゆしまてんじん》の門前町の茶店にいた。
半六は、隼だけでは頭数が足りないだろうと、卯之助が寄越した手下だった。
親分の親分、つまり大親分である鍋寅と、口は乱暴だが生きのいい隼と一緒に捕物が出来るのは、半六にとっても喜びであった。

「来やした」

通りに目を配っていた隼が、湯飲みを置いて茶店の奥に走った。半六が続いた。ふたりは裏口から出ると、抜け裏伝いに表に回った。

綿入れを着込んだ五十絡みの男が、目の前を通り過ぎて行った。

五器口《ごきぐち》の磯吉《いそきち》だった。磯吉は盗っ人が盗品を売りさばくのを手助けした罪で、軽追放になっていた。隼と半六は目で合図を交わすと、磯吉の背後に付いた。

磯吉の足が止まり、鼻歌が熄《や》んだ。伝次郎と鍋寅が、道を塞ぐようにして立っている。

「旦那……」

磯吉は向きを変えて走り出そうとして、己が挟まれているのに気が付いた。

（しまった……）

強引に切り抜けようかとも思ったが、ためらっている間に、伝次郎に間合を詰められてしまっていた。

「こんなところで、何をしている」

伝次郎が、磯吉の頭の天辺《てっぺん》から足の爪先まで眺め回した。

「とても、旅の途中には見えねえが」

「旦那は、隠居しなさったはずでは？」

「てめえどものお蔭で、また浮世に舞い戻っちまったのよ」

「そんな……」磯吉が泣きそうな顔をした。

「若い者には面《めん》が割れちゃいねえだろうが、俺らとは馴染だ。誤魔化しは利かねえやな。何をしてた？」

「実は、墓参りを」

「殊勝なこった。感心したぜ。なあ？」鍋寅に言った。

「洟《はな》が垂れっちまいまさあ」

「誰の墓でえ。付いて行こうじゃねえか。案内しな」

「旦那、見逃してくだせえ。直ぐにも、江戸を発《た》ちますんで」

「二度と俺に面《つら》あ見せるな。叩っ斬るぞ」

磯吉が拝むようにして駆け出して行った。

「あんな野郎ばっかりだ」

伝次郎が、袖口から紙片を取り出し、切り裂いた。『五キロのイソ吉　ユシマ天ジン』と書かれていた。永尋《ながたずねがか》掛りの仮詰所である《寅屋》に放り込まれた文《ふみ》だった。

「これで、投げ文をした奴も、満足するだろうよ」

「あっしらもでございやす」半六が言った。

追放の身であるにもかかわらず、止宿を禁じられている御構地《おかまえち》に長居している者を見付け出し、再追放するのは、伝次郎らのお役目のひとつだった。

「斬られるとなりゃ、もう戻っちゃ来ないでしょうね」半六が得意げに顎をしゃくった。

「何、半年も経てば、平気の平左で歩いてるだろうよ」

「そんなもんですか」

「そんなもんだ。嘗められたものよ」伝次郎が、苦く笑ってみせた。

「旦那」鍋寅が、訊いた。「今日はどちらへ」

「そうよな」

行くところは何カ所もあった。三十五年前に大店の奥向きの女中が殺され、まだ殺した者が捕まっていない《大和屋《やまとや》》の一件、二十三年前、奥座敷で主人夫婦が殺されていた《相馬屋《そうまや》》の一件などなど、このところ洗い直している事件は幾つかあった。いずれも、これという手応《てごた》えはなかったが、もう一、二回調べてから、調べを進めるか諦めるか、決《けつ》を下さなければならなかった。

「永尋になるだけあって、どいつもこいつも厄介なのばかりだぜ」

しかし、投げ出す訳にはいかなかった。ひとつずつ片付けていかねば、山とたまっている永尋の控帳に始末を付けることは出来ない。

「決めた。行くぜ」

鍋寅らに言い放ったのと同時に、

「もし」

女が声を掛けて来た。年の頃は五十くらいだろうか、痩《や》せてはいたが、目に張りがあった。

「永尋掛りのお方でございましょうか」

「そうだが……、お前さんは？」

「よかった」と女は、問いには答えずに、呟くように言った。「随分と探しました……」

永尋になっている一件を調べ直す掛りが出来たと噂に聞き、奉行所を訪ねると、《寅屋》を教えられた。そこから、探したのだと、女が唇の端に泡を溜めた。

「で、何か用か」

「伜が濡《ぬ》れ衣《ぎぬ》を着せられ、追われております。お助けください」

「済まねえが、俺たちは永尋掛りだから、当節の事件《こと》は扱わねえんだ」

「ですから、お頼みいたしているのでございます」

「いつのことなんだ？」

「九年前になります」

「聞こうじゃねえか。と言って、ここでは何だな」

来てくれるかい。どこへなりと。同朋町《どうぼうちょう》の自身番へ、女を伴った。

自身番に詰めていた大家や店番らが、慌てて取り調べの場所を空け、茶の用意を始めた。

「構わねえでくれ。それよりも、早く外に出てってくれねえか」

鍋寅が入り口に立って、大家らを促した。

「はいはい」

返事だけして、大急ぎで部屋の片付けをしている。散らかっていたと言われては、町内の恥だとでも思っているのだろう。

「そんなこたあ、後にしちくれ」

ようやく大家らが外に出たのを見て、女が白州《しらす》に膝を突いた。

「おう、何をしている？」気付いた伝次郎が、女に言った。「お前さんは何も悪さをしてねえんだ。上がって話してくれ」

「よろしいのでしょうか」

「よろしいもよろしくねえもあるもんか。濡れ衣なんてのは、あっちゃならねえことなんだ。きっちりと調べ直そうじゃねえか」

「お願いいたします」

「任せてくれ。それより何より、そこは遠い。先《ま》ずは上がってくれ」

女が三畳の畳敷きに上がるのを待って、

「誰も入れるんじゃねえぞ」

鍋寅が隼と半六に言い、腰高障子を閉めた。

二

「先ず、お前さんの住まいと名を聞かせてくれ」

女は橋本町《はしもとちょう》の《源右衛門店《げんえもんだな》》に住む初《はつ》だと名乗った。伝次郎は素早く懐紙に書き留めた。

「神田堀が、鉤《かぎ》の手に曲がっているところだな」

「あの直ぐ近くでございます」

そうかい。伝次郎は、次の問いに移った。

「息子さんの名と歳は？」

「清兵衛《せいべえ》と申しまして三十一歳と相成ります。元の名は清吉《せいきち》でしたが、お店では清兵衛が通り名でございました」

「するってえと、九年前は、二十二かい」

「はい。これからという時でした」

伝次郎が息の新治郎に家督を譲った翌年に起こった一件だった。

「北町《きた》と南町《みなみ》、どっちの扱いだった？」

南町の同心の顔触れを思い浮かべた。濡れ衣呼ばわりされるような、杜撰《ずさん》な取り調べをする陣容ではないはずだった。

「南町でございました」

「調べに当たった同心の名を、覚えちゃいねえか」

「沢松様でございます」

沢松甚兵衛。伝次郎が付けた渾名は甚六。伝次郎が捕物のいろはから叩き込んだ同心だった。今は、定廻り同心の筆頭を務めている。

（あいつか……）

何をやっていやがるんだ。思いを隠して言った。

「とにかく、聞こうじゃねえか」

初が居住まいを正して話し始めた。

「九年前の四月五日、昼八ツ（午後二時）のことでございました」

線香問屋《西村屋《にしむらや》》の土蔵で、当主である三代目・四郎兵衛《しろべえ》の娘・福《ふく》が、荷解き用の細身の包丁で胸を刺されて殺されているのが発見された。包丁は、土蔵に常に備えられており、誰でも手にすることが出来た。

《西村屋》は、伊勢町堀《いせちょうぼり》に架かる雲母橋《きらずばし》の北詰にあった。この地で商いを始めて五十三年になる老舗《しにせ》だった。

初の伜の清兵衛は、十二の歳に奉公に上がって十年、まだ手代になったばかりだったが商いの才があるからと、主夫婦や番頭からも目を掛けられていた。

そうなると益々《ますます》商いに身が入る。褒められる。奥に呼ばれることが多くなる。

いつしか娘の福と清兵衛は、屋敷の裏で忍び逢《あ》う仲になっていた。

しかし、主の四郎兵衛には、若いふたりとは別の思惑があった。仏具問屋の次男を婿養子に迎え、商いの幅を大きく広げたいという思いだった。

そのためには、手代風情との色恋沙汰《ざた》など、認められるものではなかった。

清兵衛に暇《いとま》を出してお店から放逐し、福に言い聞かせた。

――いいかい。目先のことに目を晦《くら》まされてはいけないよ。今は恨みに思うかもしれないが、先々のことを思い、良かれと思って親がしたことだからね。

だが、諦《あきら》め切れなかった清兵衛が裏木戸から屋敷に忍び込み、

「沢松様は、恐らく清兵衛がお嬢様の部屋に投げ文をして土蔵に呼び出し、そこで喧嘩になって」

殺したのだ、と断を下した。

「恐らくって、その投げ文は見付かったのか」

「いいえ、ございませんでした」

「清兵衛が、その日《西村屋》に行ってたってのは？」

「本当のことでございます。間の悪いことに、殺された刻限に、丁度……」

「見た者は？」

「おりました。清兵衛が土蔵から逃げ出すところをはっきり見たと」

「そいつが誰だか、知ってるかい？」

先輩に当たる手代の芳兵衛《よしべえ》が、土蔵から血相を変えて走り出て来る清兵衛を見掛け、大声で叫んだ。何をしている？　その声に、奥向きの女中と裏で力仕事を請け負う男衆がふたり、駆け付けて来た。四人で、清兵衛が飛び出して来た土蔵を覗くと、そこに、

「刺し殺されたお嬢様が横たわっていたのでございます」

「勿論でございます」

「筋書きとしては上手《うま》くねえな」

「でも、清兵衛はやっていないと言っておりました」

「誰でも、そう言うもんだ」

「清兵衛は優しい子です。他人様《ひとさま》に手を上げたこともなければ、怒鳴り声を上げたこともございません。況《ま》してやお嬢様を手に掛けるなど、間違ってもするはずがありません」

「そこまでは分かった」伝次郎は初を手で制してから、訊いた。「《西村屋》だが、娘に死なれて、今はどうなっているか、知ってるかい？」

「妹のお吉《きち》お嬢様が、婿を取られたと聞いておりますが」

「福には妹がいたのかい？」

「はい。お吉様は親類筋のご次男を婿に取り、分家を立ててもらうという話だったのですが、結局本家を継ぐことになったと聞いております」

「成程な。他に知っていることは？」

「さあ、こんなところでしょうか。いろいろと話したいのでございますが、何もかもお話ししなければと思うと、何だか思い出せなくて」

「で、清兵衛は今、どうしている？」

「それは分かりません」

「追われているって話だったが、それからずっと逃げているのかい」

「はい」

「逃げる前に、お前さんのところに寄ったな？」

「いいえ」

「さっき、清兵衛はやっていないと言っていた、と言ったじゃねえか」

「間違いです。一度も会ったことはございません。ただ、人を殺すような子ではないと申し上げたかったのです」

「そうかい。気も動転するだろうしな、無理はねえよ」

「はい……」

「これだけ聞けば、十分だ。後は、こっちで調べてみよう」

「何卒《なにとぞ》よろしくお願いいたします」

「いくらお願いされても、期待通りの筋になるとは限らねえが、やるだけはやってみるからな」

「それで十分でございます。今までは、誰ひとり聞いてもくださいませんでした」

「脇っちょから失礼いたしやすが」膝を崩さずに聞いていた鍋寅が、初を慰《なぐさ》めるように言った。「こちらの旦那は、そこらの旦那とは一味も二味も違う凄い鼻をお持ちでしてね。必ず息子さんの濡れ衣を晴らしてくださいやすよ。安心なせえ」

鍋寅にしては珍しい物言いだった。

「おいおい、安請け合いするな」

「旦那、あっしはね、こちらのおかみさんの気持ちに打たれたんでやすよ。一肌脱ごうじゃありやせんか」

ありがとうございます。初は突っ伏して、泣き崩れた。

　伝次郎は、送り出した初の跡を半六に尾けさせ、鍋寅と隼を従えて奉行所に向かった。

《西村屋》の一件についての永尋控帳を調べるためである。

　昌平橋《しょうへいばし》を渡り、須田町《すだちょう》から神田鍋町を通り、神田堀を南に折れた。

「旦那」と鍋寅が言った。「また、御用の筋で町を歩こうとは思ってもおりやせんでした」

「俺もだよ」

「やはり、いいもんですねえ。背筋が伸びまさあ」

「骨の髄まで捕物の汗が染み込んでるから言えるんだよ」

　柄になく照れている鍋寅に、伝次郎が訊いた。

「先程《さっき》はやけに肩入れしやがったが、どうしたんだ?」

「いやあ」と鍋寅が項《うなじ》に手を当てた。「あのかみさん、何かぞくっとさせるものがありゃしやせんでしたか。眉の剃り跡、鉄漿《かね》の口許、死んだ女房に瓜《うり》ふたつでしたもんで」

「お婆ちゃんに?」

　隼が驚いて訊いた。

「他にいるかよ」

「だって似てないもの」

「何言ってやがる。婆さんがおっ死《ち》んだのはてめえが四つの時だ。何が分かる？」

「そう言ったって、薄《うっす》らと覚えているもの」

「俺も覚えてるぜ」伝次郎が言った。

「似てました？」

似ていなかった。鍋寅の女房は、知っている限り、若い時も年老いてからも、
春夏秋冬一年中でっぷりとしていた。

「面白くねえな。あっしの心の中では、ああなんだよ」

鍋寅が、先に立ってずんずんと歩いて行った。

奉行所に行くには、鍛冶橋《かじばし》御門を渡って大名小路を通る方が近道だったが、町方が支配違いの場所を歩いても無駄なことだった。遠回りになるが比丘尼橋《びくにばし》を渡り、堀沿いに町屋を見回りながら数寄屋橋御門を通った。

「では、あっしどもは」

鍋寅は、隼をともない奉行所前にある腰掛茶屋に入って行った。奉行所の大門

裏には、与力、同心の手足となって働く手先のために控所が設けられていたが、鍋寅は急を要する場合や指示待ちの時以外は、腰掛茶屋を好んだ。

腰掛茶屋は、縁台に葦簀《よしず》を張り巡らせただけの簡便な茶屋だった。奉行所に訴え出た者が待つ間を潰すのに使うか、追放刑を言い渡された身内の者を親族が待ち受けるために使うか、鍋寅のような御用聞きが立ち寄るだけで、およそ奉行所と無縁な者は立ち寄ることもなかった。

――あそこは、苛立《いらだ》ちの巣みたいなところでやしてね。十手修業の場なんでさあ。

とは、随分昔に聞いた台詞《せりふ》だった。

九ツ半（午後一時）――。

伝次郎は、大門を通って玄関に向かった。

当番方与力に挨拶して上がると、定廻り同心の詰所を覗いた。沢松甚兵衛を探したが、いない。どうするか、と詰所の前で迷っていると、本勤になったばかりなのだろうか、見たことのない若い同心が来合わせた。呼び止めて、沢松はどこか、と尋ねた。

「例繰方の詰所でお見掛けしましたが」

「俺は二ツ森伝次郎だ。名を聞いたことは？」

「ございます」

若い同心が答えた。

「いいか、一度で覚えろ。俺が、どこだと訊いたら、どこそこだなどと答えず、直ちに呼んで参ります、と言って、駆け出せ」

「はい」

「俺はここで待っているからな」定廻り同心の詰所を目で指した。

若い同心はくるりと向きを変えると、板廊下を走り出した。

「走るな」

誰かが怒鳴った。駆ける足音が止まった。

「急げ」

伝次郎も怒鳴った。

「何か御用でしょうか」

沢松甚兵衛が、上座に回って座りながら言った。

「教えてもらいてえことがあるんだ」

「私でお役に立つことがございましたら、何なりと」

「そうかい。助かるぜ」

伝次郎は、九年前に起きた線香問屋《西村屋》の一件を切り出した。

「あれを、ちいとな、調べ直したいんだ」

「何ゆえですか」沢松の顔色が変わった。

「俺は永尋掛りだぜ。逃げている清兵衛って野郎を引っ捕えるために決まっているじゃねえか」

「そうですか……」沢松がほっと息を継いでから訊いた。「でも、何ゆえ《西村屋》の一件を調べるのです？　他にも沢山あるでしょうに」

「何ゆえ何ゆえってうるせえ男だな。町歩いてたら訊かれたんだよ。まだ捕まらねえのかってな」

「それだけのことで？」

「十分だろうが」伝次郎に思い付くものがあった。「それとも何か、調べられては拙《まず》いことでもあるってのか」

「ないですよ。そんなものは金輪際ありはしませんが」沢松は四囲を見回してから、外に目を投げた。「ちとよろしいですか」

「構わねえよ」

板廊下を奥に進み、作事小屋の脇から裏庭に出た。

「あの一件ですが」と沢松が、力のない声で言った。「私が調べたのです」

「らしいな」

「ご存じだったのですね」

「そうでなけりゃお前を訪ねるか。定廻りの筆頭だからとでも思ったのか」

「言い辛いのですが、あの一件、十中八九は清兵衛が殺《や》ったと思っております が、逃げられてしまったので、もうひとつ確証が摑めておらぬのです」

「清兵衛だと決めつけていたんじゃねえのか。取り敢えず捕まえておき、後で締め上げれば吐くだろう。そんなお前の心を読まれたんだよ。だから、とんずらされたんだ。甚六よお、俺から何を学んでいた?」

「あの時は、二ツ森さんに辞められた後で、幾つも事件を抱えていたし、上からはやいのやいの言われて、つい証《あかし》を固めるより捕まえることに走ってしまったのです……」

「そんな言い訳が通るとでも思ってるのか」

「思ってはおりません」

「だったら、どうして調べを続けなかった?」

「続けておりました」

「何だと?」意外な返答だった。伝次郎は、沢松を見直す思いがした。

暫くお待ちください。沢松は言い置くと、作事小屋の脇から奉行所に上がり込み、文書の束を手にして戻って来た。

「九年前例繰方に差し出した調書《しらべがき》の写しと、一件に関わった者の、この九年間の動きを記した覚書です。ご覧になってみてください」

「お前はやはり同心だ。よく調べてたな」

沢松が頭を垂れた。

「無駄にはしねえ。後を引き継いで調べさせてもらうぜ」

「お願いいたします」

「ひとつだけ教えてくれ。あの日、清兵衛は逃げる前に母親のところに寄ったか否か、だが」

「寄らぬと申しておりました」

「問い質《ただ》したのか」

「はい」

相当厳しく取り調べを行ったことは、想像がついた。

「ですが……」

「何だ？」

「あの女、それ以上問い詰められた時には、死ぬ覚悟でおったやに見えましたので、真実《まこと》のところはどうか、と思いましたが」

「訊かなかったのだな」

「申し訳ございません」

「謝るこたぁねえ。多分、俺でもそうしただろうよ」

はあ、と沢松は息を吐いてから言った。

「実《まこと》に、実に申し上げ辛《づら》いのですが」と、沢松が言った。「一件落着の暁には、私も手を貸したことにしていただけないでしょうか。筆頭としての面目もございますので」

「見返りはあるのか」

「そんなものは……」ありました。沢松の唇の右端が吊り上がった。

（何だ、この狐《きつね》野郎、早く言え）

伝次郎は、相手の口が開くのを待った。

「百井様が、永尋掛りの詰所のことで、大工の棟梁《とうりよう》と話しているのを聞いてしまいました。どうせ、直ぐ壊すことになるだろうから、よい材など使わずともよい、とそのように話しておられました」

「棟梁ってのは、どこの誰だ？」

「横大工町《よこだいくちよう》の松五郎《まつごろう》です」

「分かった」

「先程、若いのを連れて、庭に来ておりましたが」

「それを先に言え」

伝次郎は、写しと覚書を懐にねじ込むと、庭に回った。

松五郎が配下の者に図面を見ながら指図している。

「ご苦労だな」

伝次郎に気付いた松五郎が、貫禄に押されて低頭した。

「ここに設ける詰所だが」

「へい」

「代を継いで使うことと相成った」

「と仰《おお》せになりやすと？」

「五年、十年ではなく、四、五十年は保《も》つ、立派なのを建ててもらわぬと困ると言うておるのだ」

「そのようなお話では」

「なかったが、改まった。よくある話だ。これは、町奉行坂部様のお言葉ゆえ、間違いない。よい材をふんだんに使《つこ》うて構わぬ。詰所の範となるものを頼むぞ。細かいことは任せるでな」

「失礼でございますが、お名をお聞かせ願えますでしょうか」

「二ツ森伝次郎。聞き覚えがねえとでも言ったら、お前は潜《もぐ》りだぜ」

「いえ、お名は存じております。お初にお目に掛かります。松五郎と申します」

「俺は短気だ。くどい話も嫌いだが、ああだこうだと話し合うのも嫌いだ。任せた以上文句は言わねえ。詰所に関する一切を任されている俺が、そう言っているんだ。分かったな」

「承知いたしました」

「いつ頃、建ち上がる？」

「お天気次第ですが、早ければ再来月には」

「上等だ」

伝次郎は、松五郎と配下の大工に見送られ、程無くして奉行所を出た。鍋寅と隼が茶屋の奥に腰掛けていた。

隼の目が赤い。

追放刑を言い渡された者が、親族の目の前で放逐されたところでも見たのだろう。

(もらい泣きかよ。冗談じゃねえぜ)

鍋寅に目で言った。流石《さすが》に鍋寅は泣いてはいなかったが、洟を垂らしていた。

(何でえ、揃いも揃って)

伝次郎は荒々しく言った。

「行くぜ」

三

八ツ半(午後三時)少し前——。

伝次郎は、数寄屋橋御門を通ると北に折れ、堀沿いに進んだ。小唄を口ずさんでいる。

鍋寅は隼と顔を見合わせてから、一歩遅れて歩きながら訊いた。どちらへ。

「《寅屋》だ。半六が戻っている頃だろう」

「何だ、あっしの家ですかい」鍋寅が言ってから、改めて訊いた。「ご機嫌でしたが、何かよいことでも？」

「ねえ」

「ないんですかい」

「あるはずがねえだろ。そっちはどうした？　何をもらい泣きしていた？」

「もらい泣きなんぞ、していませんが」

「では訊くが、隼が目を赤くして、てめえが洟垂らしてたのは、どうしてだ？」

「あれですか」

鍋寅が笑って隼に振り向いた。

「何食ったか、旦那に話してやんな」

「茶請けに、葉唐辛子の滅法《めっぽう》辛いのをいただいておりやしたんで」

「埒《らち》もねえ」

訊くんじゃなかったぜ。伝次郎の歩く速度が突然増した。鍋寅と隼は小走りになった。

半六は、既《すで》に《寅屋》に戻っていた。

「女の言った通り、橋本町の《源右衛門店》に住んでおりやした」

「ひとりでか」

亭主とは若くして死に別れており、身寄りは清兵衛の他に娘の園《その》がいるだけだった。園は、兄・清兵衛のためにまとまっていた縁談が流れたが、今は兄のことを隠して嫁いだ男とどこぞで暮らしているらしい。

「初の店賃の出所《でどこ》は？」

仕立て物だった。

「早い安い上手いの三拍子で、評判はよいようです」

「ありがとよ」

伝次郎は、沢松甚兵衛から預かった調書の写しと覚書を取り出し、皆に見せた。

「回し読みするぞ」

「旦那ぁ」隼と半六が、泣きっ面になっていた。

「どうした？」

「難しい字が多過ぎて、とても読めやせん」

「手習所に通っただろうが」

「爺ちゃん、読めているの？」

「当たり前よ、そのために勘ってものがあるんだ。見た目が似ていれば、意味だって似たようなものだろうが」

「そんなもんだったのか」伝次郎が、驚いて鍋寅に訊いた。

「だって旦那、あっしどもに何か読めなんてこたあ、今までにゃありやせんでしたからね」

そうだったかもしれない。読み聞かせ、走らせてばかりいた。

「待ってろ」

伝次郎は大急ぎで調書に目を通した。

事件のあらましは、ほぼ初の言った通りであった。

また沢松の覚書だが、清兵衛が逃げて行くところを見ていた手代と女中と男衆を始め、この九年の間に、お店を去った者、そして居続けている者について事細かに調べてあり、行き届いたものだった。

「手代の芳兵衛だが、妹が婿を取って分家する時には、番頭としてついて行くことになっていたんだな」

「旦那、何か見えて来やしたね」鍋寅が言った。

「俺もそう思うが、当たりを付け過ぎると縛られちまう。ここは、目を瞑《つむ》ってからねえとな」

「何が、見えたんでやすか。おれにも教えてください」隼が、ふたりを交互に見た。

「てめえは修業の身だ。てめえで考えろい」鍋寅が、そっぽを向いた。

「と、言うことだ」

伝次郎は、女中と男衆の名と住まいを懐紙に書き写すと、覚書などとともに懐に収めながら、出掛けるぜ、と威勢よく言った。

「どちらへ？」

「竹河岸だ」

七ツ半（午後五時）から暮れ六ツ（午後六時）の間に《時雨屋》で、染葉忠右衛門と落ち合う約束になっていた。

染葉も昔馴染の御用聞きに手伝わせ、深川で起こり、永尋となっている一件を追っていた。

「皆も付き合え」

「お邪魔では？」鍋寅が訊いた。

「邪魔なら誘うか」

「お供いたしやす」

「そうしろ。明日は、ここに五ツ半（午前九時）に集まり、《西村屋》に行くぞ」

大御内儀《おおおないぎ》は亡くなったが、まだ大旦那は生きている。清兵衛憎しで、確かな話は聞けないかもしれねえが、死なれているよりは役に立つってえものだ。

「承知いたしやした。その足で……」

「清兵衛が逃げるところを見ていた奴どもを訪ねるって寸法だ」

「明日が待ち遠しゅうございやすね」

鍋寅の目に光が宿っている。狩人の目になっていた。毒気を抜くにも、酒は必要に思えた。

「今夜は、飲むぜ」

「昨日も同じようなことを仰しゃいやしたが」

「昨日は昨日の、今日は今日の飲み方ってものがあるんだよ」

吹き始めた風に袂を膨らませながら、竹河岸へと急いだ。

三月二十五日。昼四ツ（午前十時）──。

線香問屋《西村屋》の店先はきれいに掃き清められていた。

暖簾を潜《くぐ》ると、小僧の声が響き、太織無地《ふとおりむじ》の袷《あわせ》羽織を羽織った番頭が奥から摺《す》り足《あし》で近付いて来た。

「見回りだ」

「ご苦労様でございます」

番頭が丁寧に頭を下げた。三十前後の、いかにも才気走った男だった。

「変わったことは？」

「お蔭様で」

「大番頭はいるかい」

「はい。少々お待ちを」

太織無地が奥に行き、越後紬《えちごつむぎ》の小袖に絹の袷羽織の男に、耳打ちをした。絹の袷《あわせ》が首だけ動かして、伝次郎らを見てから、ゆるりと立ち上がった。

「何か御用でございましょうか」

名を訊いた。

「芳右衛門《よしえもん》と申します」

「九年前は芳兵衛だな」

お店によって異なったが、奉公人は雇入れられてからの年数や、丁稚《でっち》、若衆、手代、番頭というように出世にともなって名を改めていた。《西村屋》では、生まれた時の名が○吉であった者は、お店に入ると○之助、手代で○兵衛、番頭になった時には○右衛門と呼ばれた。

「左様でございます」

「用は他でもない。九年前の一件について訊きてえんだ」

「では、清兵衛がお縄に？」

「あいつはまだ逃げている」

「では、お訊きになりたいとは、何を？」

「清兵衛を探すには、先ずこの一件のすべてを知らなきゃならねえ。それで来たのよ」

「お調べは、疾《と》うに済んでいるのに、でございますか」

「何も終わっちゃいねえ。俺にとっては、始まったところだ」

芳右衛門の咽喉《のど》が縦に動いた。

「と仰しゃられても、もうあれから随分と日が経っておりますし……」

「日が経ちゃ古びる。だがな、却《かえ》って見えて来るものもあるってことだ」

「左様で……」

「お前さんは、清兵衛が土蔵から逃げて行くところを見ていたそうだが」

「手前と、他にもう三名の者が見ておりました」

「らしいな」

ここでは何だ、土蔵のところで、話しちゃくれねえか。伝次郎は、芳右衛門を裏に誘った。

「よろしゅうございます」

芳右衛門は、帳場に座っている男の脇に屈み込むと、二言三言話し、伝次郎らの先に立った。凝《じ》っと芳右衛門の背を見ていた帳場の男が、伝次郎に軽く会釈をした。

「あのお方が、当代の旦那ですかい？」鍋寅が芳右衛門に訊いた。

「はい。主《あるじ》の四郎兵衛にございます」

若かった。沢松の覚書によると、三十二歳。九年前なら二十三歳だ。

内暖簾を潜り、土間を抜け、更に裏に続く中土間を通ると、中庭に出た。

「手前と女中のお咲《さき》は」と言って芳右衛門は、奥座敷に続く廊下を指さし、「ここで、清兵衛を見」

男衆のふたりは、と言って、廊下脇の飛び石を指し示した。あそこから見たのでございます。

「お前さんが呼んだんだな」

「辞めたはずの清兵衛が土蔵に入るところを見たもので、何かあると思ったのでございます」

「成程」

鍋寅と隼が土蔵の扉から、中を覗いている。

「旦那、入ってみますか」鍋寅が訊いた。

「勿論だ」

「鍵が掛かっておりやすが、鍵はどこに？」鍋寅が芳右衛門に問うた。

「帳場にございますが」

「開けてもらえやすか」

「少々お待ちを」

表に走ろうとした芳右衛門が、足を止めた。白髪頭の老爺《ろうや》が、廊下を塞ぐように立っていた。

「大旦那様」

芳右衛門の一言で、白髪頭が誰なのか知れた。

「清兵衛は」と先代の四郎兵衛が掠《かす》れた声で言った。「捕まったのでしょうか」

「済まねえが、まだなんだ」

「では、何をしておられるのですか」

芳右衛門と同じことを訊いた。娘を殺された親としては、こんなところを調べているより、横町のひとつでも覗けと言いたいのは分かるが、新たに掛りとなった以上必要な手続きだった。

「騒がせて済まねえが」伝次郎が言った。「もう一度、調べ直しているのだ。悪い奴を逃がさねえためにな」

「逃れているではありませんか」

「いや、もうこれ以上は逃がさねえ。この二ツ森伝次郎が請け負うぜ」

先代・四郎兵衛は、凝っと伝次郎を見詰めると、僅かに頭を下げて、廊下を引き返して行った。

「土蔵の鍵を頼む」伝次郎が芳右衛門に言った。

鍵は程無くして届けられ、土蔵の扉が開いた。線香が仕舞われているだけあって、仏壇の中にでも入り込んだような気がした。殺しがあるのに似合いの場所だなと軽口が出そうになったが、言葉を呑み込んだ。

伝次郎は、九年前に例繰方に回された沢松甚兵衛が書いた調書の写しを開き、遺骸のあった場所、向きなどを確かめた。

遺骸は、荷解き用の包丁で胸を一突きされ、土蔵の真ん中で仰向けになって倒れていた。

争った形跡《あと》がなかったところから、清兵衛が突然激昂して刺したのではないか、と沢松は認《したた》めていた。

包丁や、包丁を置いてあったところを見ている間に、清兵衛が逃げて行ったという道筋を探らせていた隼と半六が戻って来た。

「誰にも出会わずに逃げられます」

裏木戸や小路の具合を、早口にまくし立てた。

一歩離れたところで話を聞いていた芳右衛門が、恐れ入りますが、と声を掛けてきた。

「どうしたい？」

「手前は、もう戻らせていただいても……」

「そう言うねえ」伝次郎が軽くいなした。「この九年間で、手代から大番頭と、一番出世したのはお前さんなんだ。付き合え」

「どういう意味でございますか」

「深い意味はねえ。ただありのままを言っただけだ」

「いくらお役人様でも、言っていいことと悪いことがございます」

「そんなに悪いことだとは、思わなかったんだ。許してくれ」

「分かっていただければ、よろしいのですが」

「だがな」

伝次郎が、ねちねちと言葉を繋いだ。

「こういう一件は、一番儲けた奴が怪しいに決まってるんだ。清兵衛がいなければ、お前さんを疑うところだぜ」

芳右衛門が引《ひ》き攣《つ》ったような笑顔を見せた。

「邪魔したな。また来るぜ」伝次郎が言葉を投げ捨てた。

「蕎麦でも食うか」

刻限は、昼九ツ（正午）になろうとしていた。

堀留町にある蕎麦屋《香月亭《こうげつてい》》の二階に上がった。隅の座敷は、他の部屋からひとつぽつんと離れており、人の耳目を気にせず話をするには持って来いの場所だった。

「旦那、さっきの大番頭ですが」隼が、膝を崩さずに正座したまま言った。

「おう、何か感じたのか」

「折角案内してくれているのに、あんな言い方はどうか、と思いやして」

「そうかい。そう思ったかい」伝次郎が半六に訊いた。「兄ぃは？」

「確かに、ちょっと言い過ぎじゃねえかなってはらはらしてやした……」

「馬鹿野郎」鍋寅が、口の端に泡を溜めた。「福を殺したのは、あの野郎だ」

「本当なんですかい？」隼と半六が口を揃えた。

「沢松の調書と覚書を読んで聞かせただろう」伝次郎が言った。

「へい」隼と半六が同時に言った。

「あの後で、見えた、と言ったよな」

「覚えておりやす」隼が答えた。

「芳右衛門は、今でこそ本家の大番頭をしているが、殺された福が生きていれば、妹の吉についてお店を出ることになっていた、という話だったよな」

「そうでした」

「そうでしたじゃねえだろうが」鍋寅が額に青筋を浮かべた。「娘に付けて出すんだ。商いの腕は悪かねえはずだ。いずれは本家の番頭にもなろうって、そんな奴が本家を出されるんだ。面白くねえだろう。本家と分家では格が違うからな」

「そりゃあ、世間への聞こえも段違いでやすが」

「そこんとこが」と、伝次郎が言った。「例えて言やぁ、指先に刺さって取れねえ棘なんだ。裏にどんなことがあったか分からねえが、その棘が膿《う》んだか、疼《うず》いたに違いねえんだ。あいつは、くせえ。それも、ひどく、な。あいつが殺していれば、必ず証となるものはあるはずだ。それを皆で探してやろうじゃねえか」

　座敷に近付く足音がした。

伝次郎に倣《なら》って、皆が口を閉じた。蕎麦が来た。鴨肉の脂が汁の上にきらきらと輝いている。

　箸が往復し、瞬《また》く間に蕎麦も鴨肉も葱《ねぎ》もなくなった。

　隼が汁を飲み終えた時には、すべての丼は盆に置かれていた。

「早《は》え」と隼が呟いた。

「蕎麦は煮えてるんだ。噛まずに呑み込め」鍋寅が言った。

伝次郎が盆を脇に寄せ、懐から一朱金を取り出し、二粒ずつ分けた。

「人数が足りねえ。手分けして調べるぞ。これは少ないが軍資金だ」

隼は奥向きの女中・咲。三年前までは、娘の家にいた。住まいは四ツ谷御門を出たところにある伊賀町《いがちょう》の《藤兵衛店《とうべえだな》》だ。

鍋寅は男衆の宇八《うはち》。《西村屋》を八年前に辞めてからは、柳橋《やなぎばし》を渡った平右衛《へいえ》門町《もんちょう》の《雨水長屋《あまみず》》に住んでいる。

半六は、もうひとりの男衆の留七《とめしち》。こいつは、二年前まで、板橋宿の手前の巣《す》鴨町《がもちょう》の義弟の家にいた。義弟は竹細工師の孫市《まごいち》といい、小さいながらも店を構えているらしい。

俺は当代の四郎兵衛のことを探ってみる。《西村屋》の親戚筋の次男坊という触れ込みだが、婿入り前の評判はどうだったのか。そこんところを当たってみるつもりだ。それと、芳右衛門だ。沢松の調べによると、妾をふたり囲っているらしいから、寄って見て来るわ。見張ることにでもなるといけねえからな。

頼むぜ、と伝次郎が皆をぐるりと見回して言った。

「あの日、見たことを詳しく聞き出して来てくれ。それと、当時お店にいて、今は辞めている者の名と居所を知っている限り聞いてくれ」

でかいことは言えねえが、金は惜しむな。危ないことはないはずだが、身の危険を感じた時は逃げろ。今日はどこにいても七ツ半（午後五時）になったら戻れ。落ち合う場所は《寅屋》だ。

「半六は遠くて気の毒だが、てめえの足を見込んでのことだ。頼んだぜ。美味いもの揃えて待ってるからな」

「任せてください」

「隼もな」

「はい」

「旦那、あっしには？」鍋寅が訊いた。

「迷わねえようにな」

「冗談じゃねえやい。柳橋の向こうで迷ったら、あっしはあの世とやらへお先におさらばいたしやすぜ」

「分かった、分かった」

それぞれが、蕎麦屋から散って行った。半六の姿が瞬く間に見えなくなった。

巣鴨町までは片道二里半（約十キロメートル）。並の足ならば、往復で二刻半（約五時間）は掛かる道程である。それに聞き込みもしなければならない。たらたらと走っている余裕はなかったのだ。恐らく、心の中では飛んでいるのだろう。

己の足を見た。筋を違えないように、しっかりと大地を踏み締めて歩くしかなさそうだった。

四

《西村屋》の当主・四郎兵衛の実家は、不忍池《しのばずのいけ》に程近い下谷御数寄屋町《したやおすきやまち》にあった。

当代・四郎兵衛は、先代・四郎兵衛の妹の亭主の、そのまた姉の次男に当たる。かなり遠い親戚と言っていい。養子に行き、名を変えるまでは、富次郎《とみじろう》と言った。実家の稼業は数珠屋《じゅずや》で、小さいながらも地道な商いをし、土地の信用を得ていたのだが、次男・富次郎の行いは、お店の評判を裏切るものだった。

――一言で言えば、裏表がある男。仲間と悪さして、捕まりそうになれば、皆を見捨てて己ひとりだけ逃げる。そんな奴です。

沢松が九年前に口書きを取った男は、池之端《いけのはた》の出合茶屋の長男・友之助《とものすけ》という悪たれ仲間だった。

沢松は、それでも尚付き合いは続いているのか、と訊いている。

――ひどい不義理をしたので、呼び出して半殺しの目に遭《あ》わせてやりました。そしたら、突然いなくなりやがって、逃げたのかとか話していたら、大店へ婿養子に入ったというではありませんか。驚きましたよ。それ以来？　ただの一度も会っちゃおりません。

伝次郎は、手初めに池之端仲町《なかちょう》にある出合茶屋《佳月《かげつ》》に向かった。

竹の小枝をぎっしりと寄せた大徳寺垣《だいとくじがき》に沿って行くと、檜皮葺門《ひわだぶきもん》に出た。柱《はしら》行灯《あんどん》に、洒落た崩し字で店の名が書かれていた。

門を潜った。くねっと曲がった路地が奥へと続き、石畳には水が打たれている。

雪駄の音を聞き付けたのか、屋号を染め抜いた半纏《はんてん》を着た男衆が、出迎えに現れた。

八丁堀と知って、男の顔色が変わった。

「何か……」

「ちと聞きたいことがあってな。主を呼んでくれねえか」

「只今」

男が玄関脇の戸を潜って奥に消えた。待つ間もなく、直ぐに男が戻って来、奥の座敷に通された。

出合茶屋は二階建てが多く、客が入る座敷は二階か、離れだった。一階は、主や雇用人が居住する部分と台所、湯殿、雪隠《せっちん》などが配されていた。客に逃げられないためでもあり、闖入者《ちんにゅうしゃ》から客を逃がすためでもあった。

「お前さんが、友之助さんかい？」

大柄で赤ら顔の主が頷いた。

「古い話になるが」

伝次郎は、富次郎について知っていることを話してくれるよう言った。だが、目新しい話は何もなかった。御数寄屋町辺りの自身番を使い、数珠屋の内情について知っている者を探すしかなさそうだった。

「忙しいところを邪魔して済まなかったな。ありがとよ」

立とうとした伝次郎を、友之助が止めた。

「お里《さと》と申しまして、手前より当時の富次郎について詳しい者がおりますが、呼びましょうか」

「いるのかい、ここに？」

富次郎が婿養子に入った翌年、数珠屋から暇を出された台所掛りの女中を、縁あって二年前に《佳月》が引き取っていたのだった。

「そこらの材料《もの》で、見端《みば》のいい料理を出しましてね」

友之助が、小狡《こずる》そうな顔をして笑った。出合茶屋の客は、食事を楽しみに来ている訳ではなかったので、体裁よく膳を拵《こしら》えておけばよかった。

「済まないが、頼む」

里が、大柄な身体を小さくして座敷に入って来た。大柄なのが目の前にふたりもいると、何やら窮屈な思いがしたが、構わずに訊いた。

「話は九年前になる。数珠屋の次男・富次郎が婿養子となってお店を出て行った前後のことで、何か覚えていることがあったら聞かせてくれねえか」

「大騒ぎでございました。というのも、ちょっと」と言って、里が立てた掌を傾けた。

「お店が火の車になっていたので、これで立て直しの目処《めど》が立った、と家中で喜んでおられました」

「富次郎の様子だが、何か気付いたことは？」

「こんなことを言っても、よいのでしょうか」里が、友之助を見た。

「言いなさい。知っていることは、何も彼《か》も隠さずに話しなさい」

「分家の主になれる。それだけで御《おん》の字だと最初は喜んでいたのですが、そのうちに、どうせなら本家がいいよな、と酒が入る度にぐちぐちと呟いておられました」

「そういう奴なんですよ」友之助の顔色が朱を注いだように、一層赤くなった。

「その頃だが、普段は見掛けないようなのが、訪ねて来たりはしなかったかい？」

「よく覚えてはおりませんが、お祝いの方ばかりだったような気がします」

「ありがとよ。大助かりだ。序《つい》でと言っちゃ何だが、その頃《西村屋》に奉公していた者なんて、知らねえよな？」

「生憎《あいにく》、向こうの方とは行き来がなくて」里が、肩をすぼめた。

「いいんだ、いいんだ。また何か思い出したら教えておくれ。俺の名は、二ツ森伝次郎。森がふたつで二ツ森だ。南町奉行所に来てくれてもいいし、自身番の者を走らせてくれてもいい。頼むぜ」

伝次郎は一朱金を二枚懐紙に包むと、膝を送って里の手に握らせた。

「そんな、お役人様」

「何、僅かしか入っちゃいねえ。気持ちだよ」

里が包みを押しいただいて、座敷を後にした。

伝次郎も、富次郎、即ち当代・四郎兵衛の名を頭に刻み付けて、《佳月》を出た。後は、芳右衛門の妾の家を確かめ、様子を探ることだった。

ひとり目の玉《たま》は、鎌倉河岸の北にある皆川町《みながわちょう》に住んでいた。地主から土地を借り、己の好みの家を建てて住む地借《じがり》の家だった。旦那の金回りがよいのは、そのことだけでも知れた。

筋違御門《すじかいごもん》を通り、本通りから逸《そ》れ、連雀町《れんじゃくちょう》、多町《たちょう》、大工町《だいくちょう》と抜け、皆川町一丁目の妾宅の前に立った。

垣の中から女の華やいだ声が聞こえて来た。元水茶屋にいただけあって、どこか蓮《はす》っ葉《ぱ》な響きがした。背伸びをして、庭を覗いた。女が三人いた。ひとりは眉を剃り、鉄漿《かね》付けをしており、もうひとりは髪を島田にきちんと結い上げているのに対し、ひとりだけ鬢《びん》と髱《たぼ》を鉢巻きで上に引き上げているのがいた。髪が崩れないようにと、張店《はりみせ》に出る前の娼妓《しょうぎ》がよくする姿だった。

口許の黒子《ほくろ》が艶っぽい。

（あいつか）

伝次郎は、その足で自身番に出向き、店番からいつから住み始めたのか、誰の名で土地を借りているのかを調べ、もうひとりの妾の家へと回った。

ふたり目の妾は名を雪《ゆき》と言い、神田鍋町とは目と鼻の先にある紺屋町《こんやちょう》の借家にいた。路地の奥まったところに家があり、伝次郎がいる間は人の出入りがなかったので、雪の顔かたちを見定めることは出来なかったが、料亭の仲居をしていた頃から、評判の美形であったらしい。

（こんなところか……）

伝次郎は神田鍋町に戻り、食べ物の用意をして皆の帰りを待つことにした。

料亭《鮫ノ井》に寄り、弁当と鍋寅の好物の卵焼きを買い求め、《寅屋》に向かった。

半六が二人前食べるとして弁当が五人前、卵焼きが組屋敷への土産を入れて三包み。これを風呂敷でひとつに包むと、ずしりと重かった。

「食うってことは、すごいことなんだな」

妙なところで感心している間に《寅屋》に着いた。戸を開け、仕出し屋をしていた当時、料理を載せていた台に弁当と卵焼きを置き、空いている隅に沢松が書いた調書の写しと覚書を広げた。

初めから読み返してみた。

覚書に、五年前沢松が初を訪ねた時のことが綴《つづ》られていた。話の序《つい》でに清兵衛の妹の居所を尋ねると、そっとしておいてほしいと泣き付かれたらしい。

兄のために、決まっていた嫁ぎ先から破談を言い渡され、失意の日を送り、今兄のことを隠して、ようやく嫁ぐことが出来た。せめて妹だけは、人並みの暮しをさせてやってくれ、と言われたとのことだった。身内が事件を起こしたと疑われた親族の扱いに言及して、沢松はその日の筆を擱《お》いていた。

溜息を吐いているところに、男衆の字八に会いに行った鍋寅が帰って来た。

「どうだったい？」

「駄目でやすね。もう年で、昔のことは何も覚えちゃいねえようです。隣近所の者が言うには、せめて二年前に来てくれれば受け答え出来ただろうってことでした」

「疲れたろう。湯を沸かして茶を淹れてやるからな」

「そんな、旦那を使っちゃ申し訳ねえ」

「お茶請けに卵焼きを買って来たぞ」

「勿論《鮫ノ井》でやしょうね？」

「決まってることを訊くねえ」

「ありがてえよお」

鍋寅が包みを三つ並べている。

「買い込みやしたね」

ひとつは伜の嫁への土産だから組屋敷に持ち帰るものだと、別にしておくように鍋寅に言った。

「では、ふたつもいただけるので？」

「皆でだぞ」

「分かっておりやす」

湯が沸いた。茶を淹れ、卵焼きを摘みながら、隼と半六の帰りを待った。

それから間もなくして、隼が駆け戻って来た。

「咲でございやすが、確かに伊賀町の《藤兵衛店》におりやした。四十の坂を越えたってところでしょうか、当時のこともよく覚えており、詳しく話を聞けました」

咲が言うには、

――お嬢様は、清兵衛さんと何があっても添い遂げようとしておられました。旦那様は頑として認めないと言い張っていたのですが、御内儀様はお嬢様がそれ程思っているのなら、認めてやろうと思われていたと思います。

「どうして、そう言えるんでえ」鍋寅が訊いた。

「おれも、そう思って尋ねました」

――御内儀様は、旦那様に内緒で、清兵衛さんに小袖を着せてやろうとしていたからです。仕立て上がって来たら旦那様に差し出し、これでお嬢様を喜ばせてやってくれと頼むつもりだったのです。

「それなのに先代は、御内儀に相談することもなく、清兵衛に暇を出してしまったのだそうです。先代と清兵衛のふたりが早まらなければ、と言って泣いておりやした」

「一応出入りの呉服屋がどこだか調べておいてくれ」伝次郎が隼に言った。

「咲が呉服屋を覚えていたので、寄ってみました」

「おう、どうだった？」鍋寅が湯飲みで隼を指した。

「上田縞《うえだじま》の紬《つむぎ》の小袖ということで、確かに注文を受けておりやした」

「紬を着られるのは、大店でも限られている」伝次郎が言った。「御内儀は確かに清兵衛を認めようとしていたようだな」

奉公に上がってからの年数や地位によって着られる織物には格付けがあった。即ち、木綿格、青梅《おうめ》格（木綿の縞織物）、太織格、紬格、絹格の順である。紬は、奉公に上がって十五年を経た者でないと、身に着けることは許されなかった。

この順を飛び越えるためには、娘婿に入るなど、誰もが納得する理由が必要だった。

「よく呉服屋に回った。そういう遠回りとも思える一歩一歩が、捕物の基本よ。ねえ旦那」

「流石、鍋寅の孫だ。俺も認めるぜ」

「へへっ」隼が鼻の頭を掻いた。

「何でえ、その笑いはよ」鍋寅が卵焼きの盛られた皿を隼に見せた。「これで、茶でも飲め」

隼がごぜん箸で卵焼きを口に放り込んだ。

「やっぱり美味えや」

「どうも躾《しつけ》が行き届きませんで」

「いいってことよ。それより、咲は誰か知ってたか」

「ありがてえことに、四人ばかし、名と居所を知っておりやした」

「出来《でか》した。教えてくれ」

「食う前に申し上げねえかい」鍋寅が、台を叩いた。

半六が戻って来たのは、それから一刻（約二時間）後の六ツ半（午後七時）を回った頃だった。

「腹減った。三日分は走りやした」

それが第一声だった。鍋寅の怒鳴り声が響いた。

「どうしてめえどもは、調べて来たことを先ず言わねえんだ」

「済いやせん」半六が隼を盗み見ながら、謝った。

「まあ、茶を一口飲んでから話してくれ」

「へい」

半六が、湯飲みを手に取った。手が震えている。湯の表面が躍った。休まずに走り続けて来たのだ。

「後でいただきやす」半六は湯飲みを台に置くと、伝次郎に言った。「留七に会って参りやした。あの日、裏で荷造りをしていた時に芳兵衛の声を聞き付け、走って行くと、清兵衛が逃げて行くところだったそうです。後ろ姿しか見ていないのに、どうして清兵衛だと分かったのかと訊くと、逃げる途中で振り向いていたのです。それも二度。だから間違いないそうです」

「土蔵の方は、何って言ってた?」鍋寅が訊いた。

「皆で清兵衛が出て来た土蔵を覗いたら、福の遺骸があったと申しておりやした」

「するってえと、留七は清兵衛が土蔵から出て来たところは見ていねえんだな」

「見ているのは芳兵衛、今の芳右衛門だけでしょう。後の連中は芳右衛門の声に驚いて集まったんでやすからね」隼がしたり顔をして言った。

「そこだな」伝次郎が言った。「思い込みや決め付けはしちゃならねえと言われているが、そんなことは打遣《うっちゃ》っとけ。敢えて言っちまうとだな、恐らく芳右衛門は、福を清兵衛が来ているからと土蔵に誘い出して殺し、どうやったか分からねえが、その時に清兵衛が土蔵に来るように仕掛け、罠に嵌《は》めたのよ」

「どうやったんでしょう」隼が首を捻《ひね》ってみせた。「もし、芳右衛門に呼び出されたとしたら、清兵衛はそのことを母親か誰かに伝えてから逃げやすよね」

「だろうな」伝次郎も考え込んでいたが、ふと顔を上げて言った。「考えていても始まらねえ。とにかく弁当を食おうぜ。半六、留七は誰か奉公人の名とか居所を知っていたか」

「ひとり、ですが、知っておりやした」

「よし、後で聞こう。先ずは食え。気を失いそうな面してるしな」

ありがてえ。半六が掌を擦り合わせた。

「てめえの分だけ弁当は二人前あるし、卵焼きももう一包み残っている。ひとりで皆食っていいぞ。俺たちは先に摘んじまったからな」

土産用に、と脇に除《の》けておいた包みを、引き寄せた。

「よろしいんで？」鍋寅が訊いた。

「ああ、構わねえ」伝次郎は包みを開き、半六の前に置いた。「鱈腹《たらふく》食ってくれ」

半六が鼻息とともに、猛烈な勢いで食べ始めた。

五

五ツ半（午後九時）を回り、間もなく夜四ツ（午後十時）の鐘が鳴ろうかという時分だった。

伝次郎は、北新堀町《きたしんぼりちょう》の塒《ねぐら》に帰る半六を供に、灯《ひ》を落としている町屋を通り、雲母橋北詰の《西村屋》の前を過ぎ、伊勢町堀を江戸橋の方へと歩いていた。

「お袋さんは、幾つになる？」

二十四歳の半六は、母親とふたりで長屋に暮らしている。母親は、船宿の仲居として働いていた。

「へい。四十三になりやす」

「若いな」

「婆《ばばあ》でございやすよ」

「親父さんが亡くなったのは？」

「あっしが五つの時でした」

「女手ひとつで、ここまで大きくしてもらったんだ。お袋さんを大切にしろよ」

「そのつもりでおりやす」

「そうか、お前なんぞに無駄に食わせねえで、お袋さんに卵焼きを土産に持たせてやればよかったな。次は、そうするからな」

「旦那、勿体《もったい》ねえ」半六が顔の前で手を横に振ってみせた。「そのお気持ちだけで十分でさあ」

「気持ちなんざ、見えねえ。俺はお前のお袋さんに食わせてやりてえのよ」

半六が歩きながら頭を下げた。

「ありがとうございやす」

「おいっ」

と伝次郎が、緊迫した声を出した。

「何でございやしょう？」半六が尋ねた。

「下がってろ」

「へっ？」

伝次郎が刀の鯉口《こいぐち》を切って、腰を割った。前から覆面をした侍がふたり駆けて来る。

手の先に細く長いものが光っている。抜き身だった。

旦那。声に出そうとしたが、半六の咽喉は貼り付いてしまっており、言葉にならない。

呼子《よびこ》を吹こうとしたが、手が震え、握れない。

伝次郎の刀が、するりと鞘から滑り出た。切っ先が、地に触れる程下がったところで、上を向いた。

影が左右から襲い掛かる寸前に左に飛んだ伝次郎の一剣が、流星のように閃《ひらめ》いた。

太刀と太刀が嚙み合い、火花が散った。

「何者でえ?」伝次郎が叫んだ。

「………」

「南町の二ツ森伝次郎と知ってのことか」

影が刀を構え直し、伝次郎にぐいと迫った。

(危ねえ)

半六は、這《は》うようにして数歩離れると、乾いた口に呼子を突っ込み、思い切り吹いた。鋭い笛の音が夜空に響いた。

影は構わず、左右から伝次郎に斬り掛かった。

呼子を聞き付けたのか、どこか遠くで人のざわめく気配がした。半六は、更に力を込めて呼子を吹きながら、伝次郎を見た。

影の太刀の勢いに押されていた。

「旦那ぁ」

太刀を躱《かわ》そうと後退《あとずさ》った瞬間、伝次郎の身体が仰向けに反り返った。石に足を取られたのだ。

そこを逃さず、大きく踏み込んだ影の一刀が、伝次郎の脇から胸を逆袈裟に斬り上げた。影の切っ先が、伝次郎の羽織と小袖と襦袢《じゅばん》をざくりと斬り裂いた。

半六の頭から血の気が引いた。旦那ぁ。心の中で叫びながら唇に力を込め、呼子を吹いた。息も絶えんばかりに吹き鳴らした。

駆け寄って来る者がいた。呼子を吹いている。町方だった。数歩遅れて同心もいた。ふたつの影は、ちっ、と舌打ちすると、瞬く間に闇の中に消えてしまった。

半六の目に、同心の顔がはっきりと見えた。

「染葉の旦那」

「怪我はないか」

染葉忠右衛門が、通りに座り込んでいる伝次郎の脇に膝を突いた。伝次郎は脇腹を手で探った。刃は襦袢まで達していたが、身体には届かなかったらしい。ほっと息を継いで言った。

「どうやら無事のようだ」

「何者だ？」

「分からねえ」

「心当たりは？」

「ねえ……」

「人違いってことは？」

「ねえ。名乗った」

「腕は立ったようだな？」

「躱《かわ》すのが精一杯だった」

「そうか」

「……そうだ」


「任せておけ」

染葉が縫い針と糸を手にした。目を細め、狙い澄まして針に糸を通そうとするのだが、霞んで見えるのか、通らない。

「代わろう」

「見えるのか」染葉が訊いた。

「いいや」

「だったら、口出しせずに見ておれ」

組屋敷内にある染葉の隠居部屋だった。伝次郎は、庭からこっそりと上がっていた。

羽織と小袖をざっくりと斬られたまま家に戻る。伜や嫁に気付かれなければよいが、万一にも目敏《めざと》く見付けられた時には、何と言われるか分かったものではない。危ない。お辞めください。お年なのですから。隠居するべきです。どうするか考えていた時、染葉が言った。

――俺が、ちょこっと縫ってやる。着替えたら、捨てろ。

名案のはずだったが、徒《いたずら》に時が経つだけだった。

「父上、いかがなさいました?」

渡り廊下から染葉の伜の声がした。名は鋭之介《えいのすけ》。奉行所の例繰方に属している。

「何でもないぞ」

「どなたかお見えのようですが」

「二ツ森だ。案ずるな」

「気が付きませんでした。失礼いたしました」

「よいのだ。勝手に来ただけだからな」

「それでは、お茶でも」

「構わんでいいぞ。帰るところだ」

「そう仰しゃらずに。琴路が持って来ておりますので」

「分かった」

戸障子が開いた。嫁の琴路が盆を持っていた。急須と湯飲みが載っている。

琴路の目が隠居部屋を隈無《くまな》く見ている。襦袢姿の伝次郎に気付くと、素早く上がり込んで来た。

「いかがなさいました？」

裁縫道具と羽織と小袖を見ている。

「ちと羽織を破いてしまってな」

「破いたって、刀で斬られたものではありませんか」

「これにはな、訳があるのだ、訳が」

伝次郎が言い惑っている間に、

「大変でございます」

琴路が夫を呼んだ。何とした？　鋭之介が部屋に入って来た。

（済まぬ）

染葉が、目で伝次郎に言った。今夜中か、遅くとも明日には新治郎と伊都に知られてしまうに違いない。

うるさいことになりそうだった。寄らねばよかったと思ったが、遅かった。


三月二十六日。

朝の光が障子に射《さ》している。

伝次郎は夜具の中で、昨夜の賊が何者であったのかを考えていた。

あれだけの腕前の者には、覚えがない。雇われた者であることは間違いなかった。誰が雇ったのかが、問題だった。

心当たりは無かったが、強いて挙げれば、《西村屋》の大番頭の芳右衛門か。

しかし、今、ここで襲わせるだろうか。藪蛇《やぶへび》になることぐらい分かろうってものだ。

（それにしても、危ねえところだった……）

そっと脇腹を摩《さす》った。

仰向けに倒れなければ、間違いなく腸《はらわた》を撒き散らしていただろう。

玄関が開いた。男の密やかな話し声が聞こえた後、雪駄の音が木戸を出て路地に消えて行った。

（誰か来ていたのか……）

染葉の倅か。そうとしか思えなかった。出仕する前に、昨夜のことを知らせに立ち寄ったのだろう。いつもは昼行灯のような顔をしている癖に、こんな時だけてきぱきと動きおって。

とは言え、誰ぞが訪ねて来たのに気付かなかった己に、少し驚いてもいた。それ程、深く寝入っていたのだろうか。やはり、年なのか。

廊下に足音がした。新治郎と伊都だろう。

飛び石を伝って、隠居部屋の外まで来ている。引き戸が開き、土間に入った。

「失礼いたします」

一呼吸間合を取ってから、新治郎が戸障子を開けて上がって来た。伊都が続いた。

枕許に並んで座ると、新治郎が切り出した。

「昨夜、賊に襲われたやに聞き及びましたが」

「ああ」伝次郎は寝返りを打ち、ふたりに背を向けた。

「お怪我はないとのことですが、実《まこと》でしょうか」

「ない。大丈夫だ」

「大丈夫ではないから、こうしてお尋ねしているのです。紙一重で危ういところだったそうではありませんか」

「そんなことはない。落ち着いて躱したのだからな」

「羽織や襦袢をお見せください」

「繕うてある。心配いたすな。それより、出仕する刻限ではないのか」

「まだ余裕があります」

「あそこに」伊都が、吊るさずに、脱いで丸めて置いてある羽織や襦袢に気付いたらしい。

伊都は、つと立って持って来ると、広げている。

（余計なことをしおってからに。匂い袋を返せ）

「こんなに……」

伊都が絶句した。新治郎も乱暴に手に取って調べている。

「父上、もうこのお役目はお辞めください。今日にも百井様に、そのように申し上げておきます」

「ならぬ」伝次郎は堪《たま》らず跳び起きた。「それはならぬぞ」

「では、どうしろと仰しゃるのです。このまま見ていろと仰しゃるつもりですか」

「たかが、これくらいのことで尻尾を巻いたとあっては、二度と江戸の町を歩けぬわ」

「とは言え、命あっての物種ではございませぬか」

伊都が、伝次郎の襦袢を顔に当て、泣き始めた。

「私はもっともっと義父上様のお側にいとうございます。そして、至らぬかもしれませぬが、お世話をいたしとうございます」

（泣くな、うるさい）

新治郎、恐らくお前は此奴《こやつ》の涙に負けたことがあるのだろう。だから、この嫁は同じ手を使っておるのだぞ。伝次郎は言う代わりに、夜具に潜り、小さく唸《うな》った。

「伊都も、このように申しております。どうか無茶なことはお慎みください」

「分かった……」

「お辞めになられますか」

「辞めぬが、其の方らの気持ちは、ありがたく受けておく」

「では、せめて夜分は家にいるとか、正次郎を供に付けるとか、何とかしてください」

「正次郎って」と伝次郎は、顔に掛かった夜具を払い除けた。「あいつがおっても何の役にも立たぬぞ」

「いないよりはましです。人を呼べましょうし、介抱も出来ましょう」

「正次郎には勤めがあるではないか」

十三の年に奉行所に初出仕してから四年、地位は本勤並であったが、まだ使い物にならず、各部署の仕事を順繰りに覚えているところだった。だから、夕七ツ（午後四時）には一日の勤めを終え、帰宅することが出来た。

それが出仕の日のことで、三日に一度は非番の日があった。その日は一日中勝手に過ごすことが許されている。

ですから、と新治郎が声高に言った。

「身体の空いている時は、彼奴《あやつ》を父上の許に走らせますので、必ず側に置いてください」

「しかし、邪魔だな」伝次郎は、露骨に顔を顰《しか》めてみせた。

「父上、正次郎でございますが、どのようにご覧になられます？」

「どのように、とは？」

「我が二ツ森家は、代々同心職を受け継いでおります。父上は名《めい》の付く同心でした。私は、そうは参りませぬが、そこそこ職務をこなしているつもりでおります。しかし、我が子ながら正次郎からは同心の家に生まれた者の気概が感じられません。ここは、父上のお側に置いていただき、同心としての心を鍛えていただきたいのですが、お願い出来ませんでしょうか」

（成程、そういう攻め方があったか）

流石は俺の伜だ、馬鹿ではないな。孫になると、俺の血が薄くなるのか、駄目だがな。

「致し方あるまい……」折れてみせた。

「では早速本日から、勤めが終わり次第走らせますので、お出掛けなされる時は、《寅屋》に行き先を書き残しておいてください」

「分かった。そうしよう」

「嘘《うそ》偽りなしでございますよ」

「新治郎、其の方、くどくなったぞ」

「くどくさせたのは父上でございます」

尚も言い募ろうとしている新治郎を、伊都が止めた。

「義父上様、お約束でございますからね」

（お前もくどい）

怒鳴りたかったが、伜と嫁は違う。同じ言葉でも後を引く。

「約束は、守る」

伝次郎は、夜具を被って、眠る真似をした。

母屋から正次郎の間延びした欠伸《あくび》が聞こえて来た。

（あの馬鹿、少ししごいてやるか）

伝次郎は、笑い出しそうになって、昨夜の者どものことを思い出した。たったひとりの孫を死なす訳にはいかなかった。

六

《寅屋》で鍋寅らと、危ねえところだった、と騒いでいるところに、染葉が来た。伝次郎の顔を見ると、即座に訊いた。

「倅が行ったらしいが、大丈夫だったか」

散々な目に遭ったことを伝えてから、改めて昨夜よいところで駆け付けてくれた礼を述べた。

染葉は、かつて手先として使っていた御用聞き・稲荷橋《いなりばし》の角次《かくじ》を引き連れて十四年前の事件を洗い直していたのだが、手間取ってしまい、

「あのような刻限に」

来合わせる仕儀になったのだった。

「なあ、伝次郎」と染葉が言った。「どうだ、仲間に腕の立つ奴を加えねえか」

「俺も、それを考えていた」

「これぞってのは、いるか」

「そうだな……」

「俺は、いるぜ」

染葉が、一ノ瀬八十郎《いちのせはちじゅうろう》の名を挙げた。

一ノ瀬八十郎。別名を野獣に掛けて《やじゅうろう》とも言った。剣の腕は南町奉行所開闢《かいびやく》以来と言われたが、誰とも交わろうとはせぬ偏屈者だった。妻に

続いて一人息子を病気で失うと、養子を立てて家名を継がせようとしないばかりか、一千両近くにはなろうかという同心株を奉行所に返上し、組屋敷を出てしまったのだ。それから十五年が経つ。

「居所を、知っているのか」

「心当たりはある」

「どこでえ？」

「答える前に聞きたい」

八十郎が加わると言ったら、快く迎えるか否か、染葉は問うた。

出来れば一緒に捕物などしたくはなかったが、剣に関しては誰よりも頼りになることは間違いなかった。それを善しとすれば迎えるにやぶさかではなかったが、白を黒と言う偏屈さには受け入れ難いものがあった。

（さて、どうしたものか）

と考えたところで、はたと行き当たった。

伝次郎の覚えている八十郎ならば、恐らく誘っても加わらないだろう。万が一にも加わるようであるならば、少しは人となりが変わったに相違無かった。変わったのであれば、受け入れてもよかった。

「迎えよう。他の者から見れば、俺も偏屈だとか言われているのだろうしな」

笑って打ち消されるものと思って言ったのだが、染葉の答は意に反するものだった。

「そうだな。では、向こうの意向を聞いて来よう」

八十郎の居所を訊く気もなくなったので、頼むと答えているうちに、稲荷橋の角次が手下をふたり引き連れて染葉を迎えに来た。角次は、六十の坂を越えたばかりなのだが、皺が深い。

（俺より老けて見えるな）

伝次郎は満足して染葉を送り出した。

「俺たちも、回るぜ」

隼と半六が聞き出して来た、《西村屋》の元奉公人に当時の話を聞かなければならなかった。

人数は、手代と小僧がそれぞれふたり、食事の世話をする女衆がひとりの、計五人だった。

担ぎ商い稼業に転じた者を後回しにして、お店奉公の者から先に当たることにした。

手代の九兵衛《くへえ》は、三十間堀川《さんじつけんほりかわ》に架かる木挽橋《こびきばし》の東詰にある菓子舗《和泉屋《いずみや》》にいた。

九兵衛は事件の一年後に《西村屋》を辞め、知り人の紹介で《和泉屋》に入ったのである。

「数年の間は、小僧上がりの者と同様、得意先回りや担ぎ商いをし、ようやくお店に立たせていただくようになったところでございます」

遠回りの道を選んだのは、代を継いだ四郎兵衛と、番頭に昇進して芳右衛門を名乗った芳兵衛と反りが合わなかったためだった。

「とてもいたたまれませんでした」

もうひとりの手代も似たような理由《わけ》で、《西村屋》を離れていた。

ふたりとも、事件に関することは何も知らなかった。

収穫があったのは、女衆として台所に入っていた稲《いね》だった。

稲は出入りの炭屋の男衆に嫁いだのを機に、お店を辞めていた。子が生まれた後は、住まいの近くの煮売屋の台所で大釜《おおがま》を搔き回している。

「清兵衛さんは、浮《うわ》ついたところのない、真面目《まじめ》な人でしたから、あたしたちにもとても人気がありました。その清兵衛さんとお嬢様が人目を避けてこっそりと逢《あ》っている。あたしたちは直ぐに気が付きました。逢う場所と刻限が決まっていたからです。土蔵に昼八ツ（午後二時）頃、毎日ではありませんが、逢う時はいつもそうでした」

福が殺された場所と刻限だった。

「そのことには、殆どの奉公人が気付いていたのかい？」

「どうでしょうか、このようなことは、目敏い者と疎《うと》い者に分かれますから」

「例えばだが、手代仲間はどうだろうか」

「古株の者は、お客様を相手にする他、手代衆ひとりひとりに付いておりますし、恐らく知っていたのではないでしょうか」

「古株ってのには、芳右衛門も入るのかい？」

「勿論でございます」

「………」鍋寅の目が輝いた。伝次郎は黙って頷いて見せた。

福と清兵衛の名を使えば、互いを土蔵に呼び出すのは訳もないことだった。芳右衛門が清兵衛の名で、福を昼八ツの鐘が鳴り始めた頃に土蔵に呼び出し、殺す。鐘が鳴り終わった頃に来るよう、福の名で呼び出しておいた清兵衛が、押っ取り刀でやって来る。大旦那の目がうるさいからと言えば、清兵衛は刻限をきっちりと守るはずだった。清兵衛が来る。土蔵に入り、遺骸を見付ける。そこで大声を上げ、人を集め、清兵衛の姿を目撃させる。

（そんなところだろう）

しかし、証がなかった。

そのことを、通りを歩きながら隼が口にした。

「探すんだ」と、伝次郎が足を止めて言った。「ここで立ち止まったら、沢松の二の舞いだ。あいつは忙しさにかまけ、上っ面を撫でて仕舞いにしちまった。それでも調べ直そうと努めてはいたが、聞き集めたことどもを書庫の肥やしにしちまっていた。俺たちは違うぜ。俺たちはここからなんだ。そして、どうしても証が見付からねえ時は……」

鍋寅と隼と半六が、伝次郎の言葉を待っている。伝次郎は、皆の顔を見回してから、そっと言った。

「奴に証を作らせるんだ」

「大丈夫なんで……」隼と半六が、腰を引いた。

「悪いことをした奴を逃して堪るか。正直者が馬鹿を見て、悪い奴がのさばるようなことはあっちゃあならねえんだ」

「信じろ」と鍋寅が隼と半六に言った。「旦那を信じていれば、間違いはねえ」

菜飯と田楽と味噌汁で遅い昼餉《ひる》を摂り、担ぎ商いに転じたかつての小僧、乙吉《おときち》の長屋に向かった。

乙吉は、向柳原《むこうやなぎわら》にいた。神田川に架かる新シ橋《あたらばし》を渡り、神田佐久間町《さくまちょう》の裏通りへと折れた。

《観音長屋》は、直ぐに分かった。長屋の裏にある楠《くす》の幹が観音様に見えるところから、いつしか《観音長屋》と呼ばれていた。

「成程、そう見えやすね」

鍋寅が掌を合わせているところに、乙吉が威勢よく戻って来た。

「腰の具合は大丈夫《でえじょぶ》かい」長屋の年寄りに声を掛けている。

問屋から安く仕入れた膏薬を売り歩くのが、乙吉の商売だった。

《西村屋》では、乙吉の主な仕事は、店先の掃除や寺などに品を運ぶことだったので、一件のことは殆ど知らなかった。

「小僧仲間だった参吉《さんきち》も、土蔵回りのことには暗いかな？」

もうひとりの小僧のことを、伝次郎が訊いた。

「どうでしょうか。あの男は目端が利くもので、よく手代衆に用事を言い付けられていましたが」

「例えば？」

乙吉が何人かの名前を挙げた。芳右衛門の名も入っていた。

膏薬を買い、礼を言ってから、参吉の長屋に回った。《小兵衛店》は南八丁堀四丁目にあった。

七ツ半（午後五時）になろうかとしているのに、参吉が帰って来る気配がない。

参吉の噂を集めに、隼と半六を大家と自身番に走らせた。

「ちょいと面倒を見た奴がおりやすんで」

鍋寅は土地の御用聞きを訪ねに行った。

三人が聞き込んで来た話をまとめると、博打好きな男の像が浮かび上がった。

隼が女中の咲から聞いた話では、腰の低い、仕事熱心な男だったが、ここ何年かの間に大きく変わったらしい。

参吉は――。

事件の一年後、十五の歳で《西村屋》を辞めると、口入屋の紹介で二軒のお店に奉公したが半年と勤まらなかった。行き場をなくしていた参吉に声を掛けたのは香具師《やし》稼業に入っていた者だった。元締から、唐辛子や印肉などを安く卸してもらい、売り捌《さば》く。売れた分の差額は己の懐に入り、売れ残りはまた元締に引き取ってもらえる。歩き回ればそれだけ利となり、働く気のない時は寝て暮らす。この担ぎ売りが、参吉の性に合った。

しかし、小金が貯まるようになると、賭場《とば》を覗いてみねえかと香具師の誘いが掛かる。一度目は断り、二度目も断り、でも三度目は相手の顔を立て、と出入りしているうちに、

「今では、どっぷりと博打漬けになっちまっているってえ話で」

と鍋寅が、御用聞きの話を披露した。自身番と大家の話も、ここまで詳しくはなかったが、似たようなものだった。

「借金は？」伝次郎が訊いた。

「あるような口振りでした」

「幾らくらいだか分かるか」

「さあ、そこまでは」

「性根を確かめねえうちは何とも言えねえが、使えそうだな」

「………」隼と半六が顔を見合わせている。

「お前らふたりは」

長屋に留まり、参吉の顔を確かめておくように、と言い付け、伝次郎と鍋寅は《寅屋》に戻った。年寄りにゃ夜風は毒だからな。美味いものを用意して待ってるぜ。

《寅屋》に灯がともっていた。

「誰か、おりやすぜ」鍋寅が眉を曇らせた。「昨夜の？」

「待ち伏せする奴が灯を点《つ》けるかよ」

笑い飛ばそうとして、孫の正次郎を行かせるからと息巻いていた新治郎と伊都のことを思い出した。

「今何時だ？」

「へえ、暮れ六ツ（午後六時）の鐘は疾《と》うに鳴っておりやすから……」

「しまった」

一刻（約二時間）は待たせていたことになる。慌てて駆け出し、戸を開けた。

正次郎は台に向かって座り、蕎麦の汁を啜っていた。目だけを戸口に向けると、口の中のものを飲み込んでから、お帰りなさい、と言った。

「待たせたな」

「行き先が分からないので、ここにおりました」

「それでよかったのだが……」

蕎麦屋の丼が三つ並んでいる。見ると、色も模様も違う。別々の蕎麦屋から運ばせたものだった。

「知らせがあるといけないので、隣の者に蕎麦屋に走ってもらって食ったのですが、今後のこともありますので、近くの蕎麦屋を食べ比べてみました」

「どこの蕎麦がお口に合いやした？」鍋寅が訊いた。

「一番は《浪速屋《なにわや》》ですね。薄味だが、しっかりと染みていた」

「正次郎、ここは《田辺屋《たなべや》》からしか出前は取らねえんだ。以後、《田辺屋》にしろ」

正次郎の目が、ひとつの丼に落ちた。黒っぽい汁がたっぷりと残っている。

「ちと味が濃いようでしたが」

「嫌なら、ここで蕎麦は食うな」

「旦那、それじゃ身も蓋もござんせんよ。若はまだ捕物の味が染みちゃいねえんですから、これから分かっていかれやすよ」

「…………」

　聞いていなかった。伝次郎が思っていたのは、

（あの嫁が、二ツ森家の舌を変えちまったんだ）

　どうすれば、昔の味に戻せるか、その一点だった。

「旦那」鍋寅が、伝次郎に訊いた。「奴らの晩飯ですが、仕度を始めてもよろしいでしょうか」

　鰯《いわし》のつくねと根菜の鍋物だった。

「おう、頼むぜ。正次郎、手伝ってやれ」

　そこに、染葉忠右衛門と稲荷橋の角次らが戻って来た。

「どうだ、進み具合は？」伝次郎が訊いた。

「まああだ。そっちは？」

「後一押しだろうな」

「そうか」

「鍋を作っている。一緒に食わねえか。酒も具も沢山ある。遠慮はするなよ」

　口が四つ増えたので、台所が大騒ぎになっている。やはり、つくねが足りないということで、角次の手下が買い出しに飛び出した。

「美味《うめ》え豆腐屋があるんだ。そこの厚揚げと雁擬《がんもど》きは絶品だぜ。店はもう仕舞っちまってるだろうが、何か残っているかもしれねえ。行ってみてくれ」

もうひとりの手下に豆腐屋の場所を教えた染葉が、涎《よだれ》を拭《ふ》く真似をした。

「そいつは結構な話だが、八十郎の方はどうなったい？」

「居所が摑めないのだ。もう少し待ってくれ」

「あいつは俺たちよりふたつくれえ上だったな」

七十歳にはなっているはずだった。上手く生きろとは言えた義理ではなかったが、頑《かたく》なな生き方には薄ら寒いものを覚えた。

「だから、当分は夜道には気を付けてくれよ」

「祖父上《おおじうえ》には、私が付いております」

いつ台所から出て来たのか、正次郎が細い大根を手にして立っていた。

「死にたいか」

「まさか、嫌でございます」

「だったら……」

隼と半六が、戸口から飛び込んで来た。

「戻り……やした」

　ご苦労だったな、後で聞く。伝次郎は正次郎に向き直ると、厳しい口調で言った。

「夜道では、俺から離れていろ」

　隼が何事かと、口を閉ざして見ている。

　同い年の女子《おなご》の前で、はい、そうですかとは答えられない。それに、離れていたのでは、親から小遣いがもらえない。私も二ツ森の家の者です、と正次郎が答えた。

「祖父上を見捨てることなど出来ません」

「よいか、相手は強いのだ。そなたが十人いても敵わぬだろう」

「そんなに、ですか」

「そんなにだ」

「でしたら、騒ぎます。喚《わめ》きます。人を呼びます」

「偉え。それでこそ若だ」鍋寅が言った。

「若は止めてください」正次郎が言った。

「ならば、俺を祖父上と呼ぶのも止めてもらおう。年寄りくさくていけねえ」

「隼、お前も爺ちゃんと呼んでくれるない」

「呼び名をよ」

「そんな……。爺ちゃんは爺ちゃんじゃねえか」

「決めようぜ」と伝次郎が、三人に言った。「呼び名をよ」

「私は正次郎で結構です」

「あっしらが困るんでさあ。呼び捨てにすることは出来やせん」

「正の旦那はどうですか」正次郎が言った。

「旦那は早《はえ》え。やはり、若しかねえか」伝次郎が言った。

「正の若旦那、もしくは正次郎様でいかがでしょう」鍋寅が言った。

「その辺で手を打て」

「分かりました」正次郎が折れた。

「隼があっしを何と呼ぶかですが、やはり親分でしょうな」誰にも異存はなかった。

「伝次郎は、どうする？　祖父上ではいやなんだろう？」染葉が責付《せっつ》いた。

「俺は先達《せんだつ》かな。その道の先輩だからな」

「よし、これで決まりだ。以後四の五の言わぬようにな。俺が証人《あかしびと》になるからな」

　さあ、鍋だ。染葉は手を叩いて、皆を仕度に追い立てると、

「先達か」と伝次郎に言った。「いい呼び名だ。俺も呼ばせてもらうかな。二ツ森の先達。似合うぜ」

「待て」

改めさせようとした伝次郎を、染葉が先回りして手で制した。

「もう決まったんだ。遅い」

七

三月二十七日。八ツ半（午後三時）。

南八丁堀四丁目にある《小兵衛店》を見張っていた隼が、知らせに走って来た。

伝次郎と鍋寅は、雁首並べて見張っているこたぁねえからと、大富町《おおとみちょう》の自身番に上がり込み、茶を飲んでいた。

「参吉が戻って参《め》りやした」

「半六が、残って見張っているんだな？」

「はい」

伝次郎と鍋寅は、直ぐさま立ち上がると、隼より速く走り出した。

半六が木戸の外から首を伸ばして、長屋を覗き込んでいた。

半六に声を掛けた。

「野郎、まだいるか」

「へい」半六が、息を継いでから言った。「入ったっきりでございやす」

奥から二軒目の借店《かりだな》に目を遣った。何か蹴飛ばしたのか、物の転がる音がした。

「荒れているようだな」伝次郎は掌を擦り合わせると、わくわくするぜ、と言った。「ほの字の相手に会うよな気分だ」

先に立って路地に入ると、参吉の借店の戸に手を掛け、ためらいもなく開けた。

「誰、でえ……」

参吉の声が勢いをなくした。小銀杏髷と黒の紋付羽織に着流し姿を見て、八丁堀の同心であることに気付いたのだ。

「何の、御用で？」

「初めに言っておく。てめえのことで来たんじゃねえ。ただてめえが知っていることを、ちょいと聞きたいんだ」

「何でございやしょう?」明らかに安堵した声を出した。

「古い話だ。九年前のことになる。お前さんは、線香問屋の《西村屋》にいたな?」

「おりやしたが」答えてから、殺しの一件を思い出したらしい。「まだ逃げているんですかい、それとも?」

「そのことで来たのよ」

伝次郎は、狭い土間で腕組みをしながら言った。ここでは何だ。奢《おご》るから、酒でも飲みながら話を聞かせちゃくれねえか。

「大したことは、知りやせんが」

「何、何でもいいんだよ」

「では、お供いたしやす」

「言っちゃ悪いが、ここでは訊く気にもなれねえよ」

違《ちげ》えねえ。参吉は家の中を見回して笑った。博打に負けた腹いせに蹴飛ばされた枕が、壁際に転がっていた。

真福寺橋、白魚橋と続けて渡り、竹河岸に出た。居酒屋《時雨屋》は、竹河岸の東隅にあった。縄暖簾を潜った。客は一組いるだけだった。

女将の弾けるような声が出迎えた。

「今日はな、ちょいと御用の筋なんだ。俺たちのことは放っといてくれ」

話し声を聞かれないように、奥まったところに腰を据えた。

「承知いたしました。お酒は、いつお出しすればよろしいでしょう?」

「今直ぐもらおうか。咽喉を湿らせねえとな」

肴に煮染めと香の物を頼んだ。

「お前らは勝手に飲んでいろ」

鍋寅と半六は、言い付け通りに、意地汚く酒に飛び付き、銚釐《ちろり》を取り合っている。隼はひとり離れ、飯をゆるりと食べながら、皆を見ている。

「まあ、飲んでくれ」伝次郎が銚釐《ち》を差し出した。

「まさか、八丁堀の旦那にご馳走になろうとは思いもしやせんでした」

参吉は、片手で拝みながら杯を一気に空けると、美味え、と呟いた。

「このところいい目が出なかったんでやすが、これで目が向いて来るかもしれねえや。そうなりゃ旦那は福の神ですぜ」

「俺が、か。そいつは、いいや」

酒を勧めた。参吉は遠慮する素振りもなく、受けている。己とは関わりのない事件《こと》だからと、箍《たが》が弛《ゆる》んでいるのだろう。

「正直申しやす。俺は八丁堀の旦那方が大嫌《でえきれ》えでした。何かと言うと、しょっぴくぞって脅して来る。だけど、旦那は違う。話が分かる」

いただきやす。参吉が、また酒を受け、飲み干した。

「飲んでばかりじゃ、身体に悪《わり》い。食え。ここの煮染めは美味えぞ」

参吉が箸を伸ばした。汁の滴《しずく》を掌で受け、舌でぺろりと嘗めている。動きが滑らかだった。訊いた。

「《西村屋》にいた時だが、手代の芳兵衛によく用を言い付けられていたらしいな?」

「よくご存じで」

「《西村屋》を辞めた者を、片っ端から当たっているのよ」

「道理で」

「で、どうなんだ?」

「旦那の仰しゃる通り、よく言い付けられやした。ですが、あいつはしみったれた奴でしてね。駄賃が雀《すずめ》の涙なんでやすよ。でも断ると、何かと意地悪をされるので、仕方なく用を受けてやした」

「知っているか、あの芳兵衛、今じゃ《西村屋》の大番頭で芳右衛門と言うんだぜ」

「そうなんですよ。聞いた時にゃ驚きやした。だって、大番頭って言えば、奉公して四十年か五十年経たなければなれねえでしょう。聞いた話だと、養子に入った旦那にえらく気に入られたのをいいことに、上の者を次々と告げ口して馘首《くび》にさせ、あっと言う間に大番頭にまでのし上がったってこってすぜ」

「そうだったのかい」伝次郎は頷いて見せた。

「ここだけの話ですが、随分恨みを買ったらしいでやすよ」

「成程な。それで、お前さんだが、その頃どんな用を頼まれていたのか、覚えていたら話しちゃくれねえか」

「女が多かったでやすね」

水茶屋の女とか、料理屋の仲居だとか、思い出すのは女ばかりでやすね。何しろ小僧でしたからね、婀娜《あだ》っぽい女に文《ふみ》を届け、一言、二言話をする。小遣いをもらうのも嬉しかったでやすが、そんな女と口を利く方が余っ程嬉しかったことを覚えておりやす。

「玉って女は、その頃からか」

「芝浜《しばはま》の？」

「そこまでは知らねえが、瓜実顔《うりざねがお》で口許に黒子《ほくろ》があったな」

「間違いありやせん。そいつがお玉です」

「手代にしては金回りがよかったんだな」

「貢いでいるのではなく、女に貢がせているって話していましたが、女なんて金が命でやすからね、どこまでが本当の話だか」

「お前の言う通りだ」

「ありゃあ貢いでいましたよ。どこでどう工面したのかは知りやせんが」

「玉か。あいつは、どう見ても貢ぐタマじゃねえな」

「まったくで」

「そのことは、誰にも言わなかったのか」

「言ったら、二度と使ってもらえやせんからね」

「口が堅いと思われたんだろうな」

「そんなところで」

使える。伝次郎は腹を決めた。

銚釐の酒を注ぎ合ったところで、伝次郎が訊いた。

「殺しのことで、何か知ってることは、あるかい？」

「裏の土蔵のことでしたからね。あっしらには」参吉が首を横に振った。

「清兵衛って手代だが、どんな奴だった？」

「あの人はいい人でやすよ。不器用なくらい真面目でね。だから面白味はなかったでやすが。でも、あの清兵衛さん、上手く逃げたもんですね。こう言っては何ですが、九年ですからね、大したもんじゃござんせんか」

「どこにいるか、俺は知ってるよ。と言うより、身柄を預かっているんだ」

鍋寅は眉ひとつ動かさずに聞いている。

「本当で？」参吉が、僅かに身を乗り出した。

「突き出そうと思えば、いつでも突き出せるって訳だ。だが、俺は清兵衛が殺《や》ったとは思っちゃいねえんだ。お前は、どう思う？　清兵衛が殺ったと思うか」

「素人考えでやすが、ねえ、と思いやすよ。あの人は、お嬢様のためならば、歯あ食い縛って身を引くってぇ人ですよ」

「だったら、誰が殺ったと思う？」

「さあ、あっしには」

「俺は、目星を付けている奴がいるんだ」

「誰です？」参吉の目が、揺れた。

「言うなよ」

「あっしの口が堅いって話は、お聞かせしたばかりですぜ」

「誰が清兵衛を見たって言った？」

確か、と言ってから参吉が指を折りながら言った。

「女中のお咲でしょ、後は男衆の宇八に……」

「そいつらは、誰かの声に驚いて裏に行ったんだよな」

「そうでした」

「皆を呼び、清兵衛の姿を見せたのは誰だ？」

参吉が、伝次郎を見詰めたまま凍りついた。

「手代の芳兵衛。今の芳右衛門だ」

あの日……。

福を清兵衛の名で土蔵に呼び出して殺し、次に福の名で呼び出した清兵衛を下《げ》手人《しゆにん》に仕立て上げたのよ。勿論、己ひとりの考えじゃねえ。養子に入った今の四郎兵衛。当時の富次郎の後押しがあってのことだ。本家を継いだ暁には、大番頭にするって約束でも取り交わしたんだろうな。富次郎も本家を乗っ取れるんだ、否やはなかったはずだ。

「何か証はあるんですかい？」

「おう、お前もいっぱしの御用聞きのような口を利くじゃねえか。なくて言えるかよ。今それを固めているところなんだが、大筋で固まった。もう一月も経った頃には大騒ぎになるだろうよ」

「成程ね。流石は、八丁堀の旦那だ」

「何を言ってやがる。お前の話も何かの役に立つかと思ったんだが、何にもならねえ。今日は無駄足だったぜ」

「済いやせん」

「今日の話は、まだ内緒だからな」

「分かっておりやす」

参吉は手酌でふたつ酒を飲み込むと、野暮用を思い出したから、と帰って行った。

暫くの間、伝次郎はひとりで飲み、鍋寅も半六も隼も勝手にしていたが、頃合と見たのか、三人が伝次郎の前に集まった。

「こっちの種は蒔《ま》いた。明日にでも、大番頭の尻を突っ突いてみようぜ。それで芽が出るかどうかだ」

「へい」三人が同時に頷いた。

「お話は済みました？」女将の澄が、盆を手に土間から上がって来た。

「丁度いいや。女将に訊きてえんだ」

「何でしょう？」

「今俺と話していたあの男、信用出来ると思うかい？」

「駄目でございますね。あの男は根が卑しいですよ」

「お春坊は？」

小女の春が、首を傾げてから言った。

「ちょっと怖そうだけど、そんなに悪い人には……」

「どっちなんです？」澄が訊いた。

「面白えな。男に裏切られたことがあるか、ねえかで、答が変わるんだな。ここは女将の方に分があるようだぜ」

「褒められたんですか」

「何か憎らしい褒め方だこと」澄が伝次郎の股《もも》を甘く抓《つね》った。

「褒めた」

八

三月二十八日。五ツ半（午前九時）。

伝次郎は、鍋寅と隼に半六、そして非番の正次郎を連れて、《西村屋》の暖簾を潜った。

芳右衛門の目にも、着流しではなく、袴を着けた、同心にしてはひどく若い正次郎の姿は異様に映ったらしい。尋ねるような目をしたが、伝次郎は無視した。第一、尋ねるような目をしたことが、伝次郎には気に入らなかった。そんな余裕はてめえにはねえんだよ。

「度々済まねえな」

「今日は、何か」

「あるから来たんだ。ここで、いいかい？」

帳場にいる主・四郎兵衛の探るような、脅えたような眼差しが心地よかった。

隼と半六と正次郎を店に残し、伝次郎と鍋寅は芳右衛門の案内で座敷に上がった。茶も出なければ、店の者が近付いて来る気配もない。そのように言い付けたのだろう。

伝次郎は開口一番に言った。

「腑《ふ》に落ちねえんだよ」

「清兵衛が福を殺したところを見た奴なんぞ、いねえじゃねえか。なのに、清兵衛が殺ったように言われている。どうしてだ？」

伝次郎は咲と宇八と留七の名を挙げた。

「三人とも、清兵衛が土蔵から出て来たところを見ちゃいねえ。てめえだけだ、見たのは。本当に、見たのか」

「間違いございません」

「はっきり言っておく。俺はてめえを信じる程甘くは出来ていねえ」

「そう仰しゃられても困りますな」

「皆川町と紺屋町を覗いて来た。掛りも大変《てえへん》だろう？」

「お役人様には、何の関わりもないことでございましょう」

「皆川町は芝浜の水茶屋上がりだそうじゃねえか。紺屋町は仲居か。まめな男だな」

「何を仰しゃりたいのでございます？」

「てめえはそういう男だってことだよ」

「妾を持ったら悪いのでございますか」

「居直るな。俺は居直られると牙を剝くぜ」

「………」芳右衛門は押し黙った。

「俺はてめえが気に入らねえ。訳を知りてえか」

「お聞かせください」

「悪党面をしているからだよ」

「そんな無茶な」

「無茶は俺への褒め言葉だ。いいか、枕を高くして眠るなよ。必ずお縄にしてくれるからな」

「………」再び芳右衛門が口を閉ざした。

「なぜ黙ってる？　どうして、何の罪でお縄にするのかと訊かねえんだ。それはな、てめえが何をしたか一番よく知っているからだ。白状したのと同じだぜ」

伝次郎は立ち上がると、座敷の襖を荒っぽく開け、廊下に出た。鍋寅が続いた。

　芳右衛門は、見送りに付いて来なかった。

　身動き出来ないのだろう。

　もう一押しだが、それは俺の役目じゃねえ。伝次郎は、祈るような思いで《西村屋》を後にした。


「これからは寸刻《すんこく》の抜けもなく、芳右衛門を見張るぞ」

《西村屋》の表に鍋寅と正次郎が、裏に隼と半六が張り付いた。

「どこに行き、誰と会ったか。見逃すなよ」

　商いが終わり、刻限が来たら、芳右衛門は通いの身分だから、家に戻るだろう。そうしたら、引き続き家を見張るんだ。見張り所は、その時に用意すれば間に合うだろう。取り敢えず、見張っていてくれ。何かあった時は、伊勢町の自身番に行き先を伝え、皆で動け。

「旦那は？」鍋寅が訊いた。

「初の長屋まで行って来る」

「清兵衛のお袋に何の御用で？」

「何、ちょっと思い付いたことがあってな。初に会う訳じゃねえ。用があるのは大家の方だ」

「へい……」

一刻半（約三時間）程で伝次郎は戻ったが、芳右衛門に動きはなかった。

「いかがでした？」鍋寅が訊いた。

「娘のお園と祝言を挙げるつもりだったのは、大工の由吉《よしきち》ってえ野郎でな。由吉の親方は、誰だと思う？　因縁だな。横大工町の松五郎。奉行所で俺たちの詰所を建てている大工だよ」

「それが何か」

「回り道して松五郎にも会って来た。由吉は未《い》だに独り身を通していやがった」

「九年も経ったのにでやすか。女を信じられなくなっちまったんでしょうかね」

「かもしれねえな……」

「由吉には？」

「別の普請場に出ていて会えなかった」

「沢松の旦那の覚書には？」

「殺しとは関係ねえと踏んだのか、端《はな》から触れちゃいねえんだ」伝次郎は手を横に振って、皆は、と言った。「芳右衛門に掛かっていてくれ。俺は明日にでも由吉に会って来る」

二十九日の晦日は、お店も忙しく、芳右衛門も一日中立ち働いていた。動きがあったのは、その翌日だった。

四月一日。

この日は江戸城に諸大名が登城する日であり、それに衣替えが重なり、町はいつになく浮き立っていた。

七ツ半（午後五時）。店仕舞いを終えると、主の四郎兵衛が出掛け、それから間もなくして裏から芳右衛門がこっそりと出て来た。

「お見通しよ」

四郎兵衛の跡を隼と半六に尾けさせ、伝次郎は鍋寅と、勤めを終えて来た正次郎の三人で芳右衛門を尾けた。

四郎兵衛は、お店を出ると南に進み、魚河岸のところで東に折れ、荒布橋《あらめばし》を渡った小網町《こあみちょう》の船宿《磯辺屋《いそべや》》に上がった。尾けられているかもしれないと思ったのか、横町に折れたりもしたが、隼らの目を誤魔化せる程の技ではなかった。

それは芳右衛門も同様だった。裏道から裏道を辿り、遠回りをしようが、汗を掻くだけで、素人が八丁堀の目を掻い潜ろうなんてのは、出来ねえ相談、だった。

「余計に歩かせやがって、疲れちまうじゃねえか」

《磯辺屋》を見渡す路地の曲がり角で隼と半六に落ち合った伝次郎は、隼と半六と正次郎を表と裏に配してから、鍋寅を連れて船宿の敷居を跨いだ。

「御免よ」

摺り足で現れた女将に、御用の筋だと言った。

「主に頼みがある。上げてもらうぜ」

「こちらへ」

女将に続いて帳場に入った。気付いた《磯辺屋》金右衛門《きんえもん》が慌てて居住まいを正し、下座に回って女将と並んだ。

「何か」

「《西村屋》の主と大番頭が来ているな?」

「はい。先程お見えに」

「奥か離れか」

「離れでございます」

「離れでは、隣部屋はないな」

「ございません」

「何を話しているのか、知りたいのだが」

「町屋の者の安寧《あんねい》のためなのでしょうか」

主の言葉には気概があった。思わぬ手応えだった。いるところには、いるものだな。

伝次郎は、そうだと答えた。

「承知いたしました。やってみましょう」

金右衛門が手を叩いた。仲居が帳場の入り口で膝を突いた。

「お登紀《とき》を呼んでおくれ」

登紀は、四十年配の仲居だった。

「離れに入っていただいている《西村屋》さんだが、何を話しているか知りたいと仰せられてな。お前に頼みたいのだが」

登紀は、伝次郎に向き直ると、口を開いた。

「床下に潜れば話し声は聞こえるのですが、どこでも聞こえるという訳ではございません。ただ一カ所、座敷の声が聞こえるところがございます」

「それを教えてはくれねえか」

「話して直ぐに分かるところではございません」

「ならば、そこに案内してくれ」

「信じていただけますか、わたしを」登紀が言った。「信じていただけますなら、わたしが潜りますが」

「旦那」鍋寅が頷いた。

「よし、信じようじゃねえか」

この九年、濡れ衣を着せられて逃げている奴を助けるためなんだ。頼むぜ。

「承知いたしました」

登紀は台所に向かうと、何やら指示している。間もなく、料理を運ぶ仲居の列が廊下を離れに向かって行った。

「八丁堀の旦那」と金右衛門が、女将に酒を持って来るように言い付けながら言った。「あのお登紀の二親は、盗っ人に殺されたんでございますよ。もう三十年以上昔のことでございますがね。だから、悪を懲らしめるためなら、きっと聞き出して来ます。お待ちください」

「そうだったのかい……」

伝次郎が定廻り同心になったのは二十七年前、四十一歳の時だった。三十何年か前ならば、伝次郎は三十代の半ばで、己の役目に追われ汲々《きゆうきゆう》としていたはずである。

その時の盗っ人は捕まったのだろうか。訊いた。

「確か仲間割れして、直ぐに捕まったそうでございます」

「それはよかった」

「孤児《みなしご》になったお登紀を育てたのが叔母《おば》に当たる女で、手前どもの仲居をしていたことから、以来ずっとここに」

「苦労したんだな」

「いいえ、苦労はさせちゃおりやせん」大真面目な顔をして金右衛門が言った。

「済まねえ。口が滑った」

伝次郎は、胡座《あぐら》を掻いたまま両膝に手を置き、頭を下げ、

「なくしたいものよな」と言った。「悪さをする奴らをよ」

「左様でございますね。皆が皆、船宿で楽しく飲み、船遊びに繰り出す。そんな世は来ないものなのでしょうかね」

「そうなると、儲かるのは船宿だけになっちまうじゃねえか」

酒が来た。金右衛門が銚子に手を伸ばした。

「折角だが、お登紀の話を聞いた以上、飲めねえや。このまま待たしてもらうぜ」

四半刻(約三十分)が経ち、半刻(約一時間)が過ぎた。

軽く酒食を終えた者が、舟で大川《おおかわ》に繰り出している。

「今のはどこまで行くんだ?」

「吾妻橋《あずまばし》でございますが」

日本橋川を下り、中洲の三ツ俣を右舷《みぎ》に見ながら大川に入る。吾妻橋で降りれば、浅草《あさくさ》に出た。

「賑やかな夜を迎える奴もいるってことだな」

「旦那」鍋寅が、顎で廊下の奥を指した。「帰るようですぜ」

「奴らか」

「へい」

「こちらへ」と金右衛門が、隣部屋への襖を開けた。伝次郎と鍋寅は、言われるままに隣室に隠れた。

「ご馳走になりました。とても美味しかったですよ」四郎兵衛が、人のよさそうな作り声で言った。芳右衛門の声は聞こえない。

金右衛門と女将が見送っているのだろう。玄関の辺りで声がしている。襖を開け、帳場に入ったところに、仲居の登紀が廊下を走るようにして戻って来た。

「おう、済まなかったな。咽喉が渇いただろう。銚子がある。話す前に、一杯飲んでくれ」

伝次郎は湯飲みの茶を杯洗に捨てると、銚子の酒をとくとくと注いだ。

登紀は、一息で飲み干すと、

「済みません」

と言った。声が低くて、余り聞き取れなかったらしい。

「それでも、切れ切れには聞こえました。『分かりゃしねえ』。『脅しだ』。それから、『せいべえ』とか何とか名を挙げて、『居所さえ分かれば、殺しちまうんだが』とか」

「上等だぜ。ありがとよ。奴らの仕業《しわざ》だとは思っていたんだが、これで間違いねえと分かった。礼を言うぜ」

伝次郎は、隣室に隠れていた時に用意しておいたお捻りを登紀に手渡した。

「これは、少ねえが取っておいてくれ。気持ちだ。お前さんのお蔭で、悪い奴が世の中から消えるんだ。褒美だよ」

登紀が額の前で拝むようにして受け取った。

伝次郎は主夫婦と登紀に、以後、贔屓《ひいき》にさせてもらうぜ、と言った。

「何か困ったことがあったら、南町の二ツ森伝次郎を訪ねてくれ。必ず悪いようにはしねえからな」

船宿の外に正次郎だけが、突っ立っていた。

「ふたりはどうした？」

それぞれが、四郎兵衛と芳右衛門の跡を尾けて行ったという。

「馬鹿野郎」と伝次郎が、正次郎に言った。「夜だぞ。お前が尾けて隼を残せ」

「そう言ったのです」

「そしたら？」

「『若旦那には早《はえ》えや』と言われました。夜道は人の数が少ないので、尾けるのが難しいのだそうです」

「仕様のねえ奴だな。こうなりゃ、隼を見返すまで俺から離れるな」

「そうします」正次郎が、唇を嚙み締めた。

九

四月二日。昼四ツ（午前十時）。

伝次郎は日が落ちてからの見張りに備え、組屋敷でゆっくりと休んでいた。

《西村屋》の東隣にある足袋問屋《八代屋《やしろや》》の二階に設けた見張り所から、伝次郎に知らせが届いた。伝えに来たのは隼だった。

「参吉が現れやした」

「まだいるのか」

「暫く芳右衛門と話してから、帰りやした」

「尾けているだろうな」

「へい」

半六が尾行しているということだった。鍋寅は、ひとり見張り所に残り、芳右衛門に動きがないか見張っているらしい。この日正次郎は、本来ならば非番であったが、朋輩《ほうばい》が腹をこわしたとかで、代わりに出仕していた。

「直ぐに行こう」

仕度をしていると、伊都が隼に気付き、話し掛けている。

「まあ、鍋寅の親分のお孫さんなのですか」

「つまらねえことを言ってねえで、走って来たんだ。茶の一杯も出してやってくれ」

伝次郎は隠居部屋の中から大声で言った。

「気付きませんでした。御免なさいね」

「勿体ねえ。どうぞ、お構いなく。おれは大丈夫ですんで」

「まあ、言葉も鍋寅の親分のようですね」

「同心の御新造だからと遠慮してるんだ。まあまあ言ってねえで、早く持って来てやってくれ」

出て行くと、母屋に上がろうとしている伊都を隼が止めていた。

「直ぐに行きやすんで、本当に構わないでおくんなさい」

「そうですか」

「待たせたな」

組屋敷を出たところで走り出した。振り返り、伊都の姿のないことを確かめてから、隼に言った。

「あれが正次郎の母親だ。気が利かねえところは、母親の血だ」

隼が笑った。白い歯が眩しい。

「何か面白いことを言ったか」

肩を並べるようにして走っていた隼が、目だけを動かして、はい、と答えた。

白目に濁りがなかった。白く、澄んでいる。

もう己にはないものだった。不意に、訳の分からない悲しみが襲って来た。

足に力を込めた。速度が少し増したが、息切れもして来た。

「先達の旦那」と隼が言った。「そんなに急がなくても」

「隼、お前はな、旦那でいいんだ。先達はな、祖父上と言われるのが嫌で……」

完全に息が切れた。足が止まった。

「無理し過ぎた……」

隼が頷いた。

鍋寅は見張り所の窓に張り付いていた。

「どうだ？」

「動きやせん」鍋寅が答えた。

「この前は、裏から出たぞ」

「そっちまでは」

頭数が足りなかった。

「裏を見張っておりやす」隼が立ち上がった。

「休む暇もなく済まねえが、頼む。もし、野郎が出て来たら、知らせている間はねえだろうから、地べたに印を付け、後は自身番を使ってくれ。直ぐに追っ掛ける」

芳右衛門に動く気配はなかった。

昼九ツ（正午）の鐘が鳴り、一刻（約二時間）近くが過ぎた。

「動くとしても、恐らく夕刻だろう」

何か食うものを仕入れて来よう。隼も腹を減らしているだろうしな。

伝次郎は、《八代屋》の脇の抜け裏に出てから、隼の様子を見に《西村屋》の裏に回った。

隼の姿はどこにもなかった。

地べたを見回した。石で付けた矢印があった。

伝次郎は見張り所に取って返し、鍋寅とともに後を追った。

矢印は伊勢町堀に向いていた。道浄橋《どうじようばし》北詰近くにある自身番に寄った。

店番が転がるように飛び出して来て、江戸橋方向を指さした。

「旦那……」鍋寅が小走りになりながら言った。

「俺も、そんな気がするぜ」腰に差した二本差しの重さに、足を縺《もつ》れさせながら答えた。

荒布橋に立ち、小網町の方を眺めると、隼らしい後ろ姿が小さく見えた。

「追い付いたようだぜ」

「こりゃどうやら占子《しめこ》の兎《うさぎ》でございやすね」

「そう願おうぜ」

願いは叶ったらしい。《磯辺屋》脇の路地の曲がり角に隼がおり、その陰に半六の姿もあった。「参吉も来ているのか」

「へい、たった今着いたところで。何やら浮き浮きして長屋からここへ」

「どっちが先だった？」

「芳右衛門でやすが」

「分かった。俺たちは帳場に上がるから、お前たちは昨日と同じように跡を尾けてくれ」

辺りを見回した伝次郎は、田楽の屋台を見付けると、済まねえと言った。

「埋め合わせは必ずするからよ。これで」と懐から小銭を取り出し、ふたりに渡した。

「代わり番こで、小腹を満たしておいてくれ」


「離れに通ってもらっております」

主の金右衛門が、心得顔で頷いて見せた。

「勿論、お登紀も……」

と言って、聞き耳を立てるような仕種をした。

「助かるぜ」

伝次郎は帳場に座ってから頭を下げた。

「お手をお上げください。こちらこそお役に立てて嬉しいのでございます」

茶が出た。香りのよい茶だった。

「美味いな」

「へい」

咽喉を鳴らしている鍋寅に、伝次郎が言った。

「外のふたりに、上がるように言ってくれ。尾けるのは止めだ」

「よろしいんで」

「ここが山だ。万にひとつも気取られちゃならねえ。放っておこう」

「承知しやした」

鍋寅が表に行き、ふたりを連れて来た。ふたりは部屋の隅に座り、凝っとしている。

四半刻（約三十分）が過ぎた。

離れの方から足音が聞こえて来た。参吉が帰るところらしい。

金右衛門と女将が見送っている。登紀の姿は、まだない。床下から抜け出せないのだろう。

更に四半刻が経ち、芳右衛門が帰って行くと、後を追うようにして、ようやく登紀が戻って来た。

「今日は、よく聞こえました」

登紀が、心持ち青ざめた顔をして言った。

「何か、飲むか」

「いいえ、先にお話しいたします」

参吉は、離れに入ると直ぐに、金は持って来たか、と芳右衛門に尋ねた。五十両くらいではないかと、登紀は想像も加えて話した。

すると——。

そんなけちな金子で満足するな、もっとほしくはないか、と芳右衛門が逆に訊いたらしい。

——何をさせようってんです？　俺はもう十二、三の小僧じゃありやせん。騙《だま》そうたって無駄ですぜ。

——清兵衛を探し出したら、倍出そう。殺してくれれば、更に倍だ。どうする？

——嘘じゃねえんでしょうね？

——手付けとして、別に十両持って来た。必要ならば、もっと出すし、人を使っても構わない。だが、何があってもこっちの名は出してくれるなよ。約束を破った時は、鐚《びた》一文払わないから、腹を括《くく》って答えとくれ。やるか、やらないか。

——やろうじゃねえですか。清兵衛なら面を見れば分かるし、満更手掛りもなくはねえ。

——あるのか、本当か。

——蛇《じゃ》の道は、って奴ですよ。

——頼もしくなったな。

——お蔭さんで。

——飲んで行くか。

——ちょいと付き合って、固めの杯でも交わしやすか。

「そのようなことを話しておりました」

話し終えた登紀が、伝次郎の目を覗き込むようにして見詰めた。

「凄いぜ。大手柄だ。今日で先が見えた。濡れ衣を着せられていた奴を、間違いなく助けられる」

「ようございました」

登紀が袂を目許に当てた。

「一件が落着したら、お礼かたがたゆっくりと飲みに来るぜ」

言い置くと伝次郎は、鍋寅らを引き連れて《寅屋》に向かった。

芳右衛門を捕えるには、鍋寅らだけでは手に余った。染葉忠右衛門の力を借りなければならなかった。それに、一ノ瀬八十郎のことも訊きたかった。

正次郎と染葉が、《寅屋》で向かい合って握り飯を食っていた。

「おう、待ってたぞ」染葉が指先に付いた飯粒を、前歯でしごき取りながら言った。

「丁度よかった。俺も用があったんだ」

伝次郎は答えてから、握り飯をどうしたのか、正次郎に訊いた。

「母上が、皆さん、お腹を空《す》かしているだろうからと言って」

「握り飯だけか」

「はい」正次郎が答えた。

「大助かりでございますよ。若旦那、よっくお礼を仰しゃっておくんなさいやし」

鍋寅が如才なく言葉を掛けた。隼と半六が鍋寅に倣って礼を口にした。

「とは言ってもよ」と伝次郎が、三人に言った。「彩りがなくては食えねえだろ。鍋の具を買って来てよかったな？」

三人が困ったように目を見合わせた。

「鍋を作るぜ。染葉も待ってろ」伝次郎が、隼と半六に仕度を命じた。

山鳥の肉と青菜を出汁で煮込み、卵を掛け回しただけの鍋は、直ぐに出来た。

「これは美味いな」染葉が、休まずに箸を伸ばしている。

「正次郎、鍋のことは伊都には内緒だぞ」伝次郎が、小声で言った。

「どうしてですか」

「握り飯では足りなかったのかと、がっかりするだろう」

「その心配はご無用です。母上は、おむすびさえあれば、後は汁でも田楽でもお好きなものを求められるでしょうから、と言ってましたから」

「それならそうと、なぜ早く言わぬ」

「別に訊かれませんでしたし」

「分かった。食っていろ」

伝次郎は、正次郎を打ち捨てて、染葉に調べの進み具合を尋ねた。捗々《はかばか》しいことにはなっていなかった。

「だったら、数日でいい、手伝ってくれねえか」

「構わねえよ」

「もうひとつ、八十郎のことだが」

「そのために、ここで待っていたのだ」

染葉が取り皿に箸を置いて、会ったぜ、と言った。

一ノ瀬八十郎は、内藤新宿《ないとうしんじゆく》から二里二町（約八キロメートル）、甲州街道《こうしゆうかいどう》の下高井戸《しもたかいど》で百姓相手に道場を構えていた。道場と言っても、借りている百姓家を改築しただけのものだった。

「教えたいというのではなく、己が剣を極めたいと思うたかららしい」

稽古が厳し過ぎるせいか、一時は門弟の数が減っていたようだが、今ではまた盛り返しているという話であった。

「それが、何で江戸に戻って来たのだ？」

「戻ったのではなく、死んだ伜の命日ゆえ墓参りに来たのだ」

「よく出《で》っ会《くわ》したな」

「この世は、それ程都合よくは出来ちゃいねえよ」

命日を調べ、寺に張り込んでいたのだ、と染葉が言った。手練《てだれ》に襲われたことを話し、助勢を頼んだ序《つい》でに一緒にやらぬかと誘ったところ、永尋には加わらぬが、手練を相手にするところまでは引き受けてくれた。

「いつから詰められるか、分かるか」

「二日か三日の後には、ここに来ることになっている」

「上等だ。お蔭で先に進めるってもんだ」

「どういうことだ？　話してくれ」

染葉が、僅かに身を乗り出した。

伝次郎は、湯島天神の門前町で初に呼び止められたところから話を始めた。

「福を殺したのは芳右衛門に間違いねえんだが、証がねえ。そこで、参吉を使って揺さぶりを掛けさせた」

ところが芳右衛門は、脅しに来た参吉に、清兵衛の居所を突き止めるか殺せば金を払う、と持ちかけた。参吉は、誘いに乗った。

「ここまで話が進むとは俺も思っちゃいなかったぜ。悪と悪とは、いとも容易《たやす》く引っ付くもんだな」

大金が掛かっているんだ。明日から参吉は、賭場にも行かず、ひたすら俺を尾け、清兵衛の居所を突き止めようとするだろうよ。

伝次郎は鍋寅を呼び寄せると、探しものだ、と言った。

「顔が利き、人が余り住んでいねえ長屋を知らねえか。場所は、江戸の外れくらいのところがいいんだが」

「内藤新宿にならば心当たりがございますが、構いやせんか」

内藤新宿は、町奉行所ではなく、代官所の支配地であった。町方が、代官の許しもなく、勝手に賊を捕縛することは出来ない。代官所は浅草橋にあった。

「大丈夫だ。浅草橋は御奉行とはお親しい間柄だ。話を通してもらっておけばいい」

「でしたら？」

「決めて来い。囮《おとり》用の借店と、向かいを見張りに使うから、都合二軒だ。五、六日でいい、押さえてくれ。鍋寅が戻って来たら、染葉、お前と一ノ瀬さんの出番だぜ」

「面白くなりそうだな」

染葉が正次郎に、にっこりと笑い掛けた。

十

四月三日。

伝次郎と鍋寅は、朝から江戸市中に飛び出した。

その跡を参吉が、金で雇った男三人を連れて尾け始めていた。組屋敷を見張っていたのだ。

「掛かったようでございやすね」

鍋寅が嬉しそうに咽喉を鳴らした。

参吉どもの跡は、隼と半六が尾ける手筈になっていた。

「ちいと歩くが、足は大丈夫《でえじょぶ》か」

「野郎どもを引き摺り回すためなら、疲れなんざありやせんや」

「その意気だ」

先ずは三十間堀川に架かる木挽橋近くの菓子舗《和泉屋》に、《西村屋》の元手代の九兵衛を訪ね、引き返す足で南八丁堀四丁目の《小兵衛店》に参吉を訪ねた。

「兄貴の塒《やさ》ですぜ」男のひとりが参吉に言った。

「さっきの店にいたのが九兵衛って元手代だ。またぞろ、《西村屋》にいた者を調べ直しているのかよ」

《小兵衛店》を出た伝次郎と鍋寅は、楓川に沿って江戸橋を渡り、真っ直ぐ北へ向かった。

「よく歩きやがるな」

「文句言うねえ」男を叱り飛ばしたが、参吉も思いは同じだった。

伝次郎らは、神田川に架かる新シ橋を渡り、向柳原に出、神田佐久間町の《観音長屋》に入った。

乙吉の借店の戸を叩いた。いないと思っていたのだが、返事があった。

昼間から夜具に包《くる》まっている。

「どうしたい？」

「旦那方、どうしてここに？」

「そんなことはどうでもいい。てめえ、病気か」

「腹が痛むんでございやす」

「医者だ」

鍋寅が大家の家に走り、大家が店子を医師の許に走らせた。

間もなくして医師が来た。

「何か悪いものでも食べたのでしょう。薬を差し上げますので、後で誰かを寄越してください」

「薬料ですが、これで足りますか」

伝次郎が小粒（一分金）を取り出した。

「十分過ぎて、釣りの持ち合わせがございませんな」

「多いようでしたら、誰か払えない者の分に回してください」

「お預かりいたしましょう」

「旦那、先生」

乙吉が、夜具の中で手を合わせた。

「馬鹿野郎、俺たちは仏じゃねえ」伝次郎が言った。

（野郎、あんなところにくすぶっていやがったのか……）

腰高障子に、名と『こうやく』と書かれていた。《西村屋》を辞めた後の乙吉の生きざまが目に見えた。真面目に生きて来たのだろう、と参吉は思った。

ふと周りを見た。金で雇った男どもが、首を伸ばして乙吉の借店を見ている。どこでどう道を踏み外し、どうやって身に付けたものか、顔に、目に、険《けん》があった。

（俺も似たような面をしているのだろう）

だが、別の生き方はもう出来そうになかった。せめて、纏《まと》まった金を手にしたら、江戸を売り、どこか静かな土地で、少しはまともなことをして暮らすか。

鼻先で笑い飛ばそうとした時、男のひとりが小声で叫んだ。

回り、《西村屋》の台所にいた稲と元手代の男を訪ねて

伝次郎と鍋寅は、それからも《寅屋》に着いたのは、夕刻になっていた。

「出て来やしたぜ」

「野郎ども、相当草臥《くたび》れておりやした」半六が、噴き出しながら言った。

「男の癖にだらしがねえ。おれは、あんな奴どもは大嫌《でえきれ》えだ」隼が吐き捨てるように言った。

《寅屋》に着いたばかりの正次郎が、皆の顔を見回した。

四月四日。

この日伝次郎と鍋寅は、鎌倉河岸近くの蕎麦屋でゆるりと昼餉《ひる》を摂ると、皆川町の一丁目に向かった。

芳右衛門の妾・玉を見張るためだった。

玉から何か得ようとは思ってもいなかった。昨日の見回り同様、参吉どもを焦《じ》らすのが目的だった。

その効果は、十分にあった。参吉どもの苛立ちは、遠く離れたところから見ていた隼と半六にもしっかりと伝わった。

「潮時かと思いやす」隼と半六の読みを、伝次郎は受け入れた。

「よし、明日で決めるぞ」

四月五日。

伝次郎は非番の正次郎を連れて組屋敷を出ると、神田鍋町で鍋寅を拾い、そのままお堀をぐるりと回り始めた。

「いい加減にしてくれねえかな。今日はどこに行こうってんだ？」

不平を零す男どもを窘《なだ》めていた参吉が、

「おい」と言って、伝次郎らを顎《あご》で指した。「これは四ツ谷に出ようってんじゃねえか」

「かもしれやせんが、それが？」

「昨日まで連れていなかったあの若いのを、どうして今日は連れているんだ？」

「さあ……」

「何かにおわねえか」

「まさか」手下の顔に血の気が差した。

「おうよ。そのまさかかもしれねえぜ」参吉の顔にも、笑みが浮かんだ。

伝次郎らは四ツ谷御門を抜け、大木戸の方へと歩いて行く。

「頼むぜ」参吉は、褒美にもらえる小判の重さを確かめるように、掌をゆるりと持ち上げた。「いい夢、見させてくれよ」

伝次郎らが、通り沿いのお店で、米や青菜や味噌を買い求めている。

「間違いねえ。あれは清兵衛に食わせるものだ」

気取られるなよ。参吉は男どもに言うと、背を丸め、道の端を嘗めるようにして、伝次郎らの後を追った。

忍町《おしまち》、塩町《しおちょう》と通り、大木戸に出た。四ツ谷の大木戸は、四ツ谷見附《みつけ》が完成すると甲州街道筋の見張りとしての役目を終え、寛政四年（一七九二）に廃止されていた。

大木戸を抜け、上水の改《あらため》場《ば》の前を行くと内藤新宿の下町《しもまち》に着く。下町には青物売、糠《ぬか》屋、古着屋などが軒を並べていた。

伝次郎らは糠屋と小間物屋の間の路地に入って行った。幅一間半（約二・七メートル）程の路地は井戸で突き当たり、左に割長屋が並んでいた。

伝次郎らは奥から二軒目の借店の戸を叩いている。返事がない。

「清兵衛、俺だ。鍋寅だ。開けるぜ」

戸が開くと、中から咳が聞こえて来た。

「おうおう、どうした？　風邪《かぜ》か」鍋寅の声が路地まで聞こえて来た。

正次郎が戸口から慌てて駆け出して来るのを、参吉らは物陰に隠れて見詰めた。

正次郎は井戸の水を汲《く》むと、桶《おけ》に移し、戸口の内側に運び入れ、瓶《かめ》に空けているらしい。水音が立っている。

「正次郎、粥を作れ。何も食っていねえから、足腰が立たねえんだ」

「分かりました」

竈《かまど》に薪をくべたらしい。煙が上がり始めた。

「どうしやす、町方も夜にはいなくなるでしょうから、それまでどこかで待ちやすか」

男のひとりが参吉に訊いた。

それが得策に思えたが、いざ清兵衛を殺した後で、芳右衛門が知らぬ顔の半兵衛を決め込まねえとも限らない。一度疑うと、芳右衛門と交わした約束が心許無くなった。

「町方の野郎どもが引き上げるかどうか、見張っててくれ」

「兄貴は？」

「ちょいと知らせて来るところがあるんだよ。何、まだお天道様《てんとさま》は真上だ。夕方までには戻るからよ。頼むぜ」

言い置くと参吉は大木戸まで走り、町駕籠《まちかご》を雇った。

「大急ぎだ。駄賃は弾むぜ」


夕七ツ（午後四時）。

鍋寅が戸口から姿を現し、小さな桶を持って雪隠《せっちん》に行き、中身を空けている。水音からして小便だと知れた。鍋寅は井戸端で桶を洗うと、また屋内へと運び入れている。

「赤子の手を捻るようなもんじゃねえっすか」

鍋寅を見送った若いのが、年嵩《としかさ》に言った。

「これで、金がもらえるんだからな。御の字よ」

「おっと、出て来やすぜ」

若いのが、年嵩の胸を押した。

「じゃあな、また来るからよ。出歩くなよ」鍋寅が言った。

「風邪じゃ出歩けねえよ」八丁堀がまぜ返している。

男どもは、押し合うようにして物陰に潜んだ。

伝次郎らの姿が長屋から消えた。

「ありがてえ」

男どもが手を擦り合わせているところに、参吉が戻って来た。後ろに、頭巾《ずきん》を被り、絹の羽織と袷を着込んだ男が付いて来ていた。芳右衛門だった。

男どもは、頭巾に軽く会釈をして事の成り行きを参吉に話した。

「持って来いじゃねえか」

「そうなんで」男どもは愛想笑いを浮かべた。

「よし、姿を見られるのも何だ。一刻（約二時間）程待ってから殺るか」

刻限は、七ツ半（午後五時）を回った頃合だった。日は沈み掛け、夕闇が濃さを徐々に増していた。

江戸市中の町木戸が閉じられるのは、夜四ツ（午後十時）。内藤新宿から日本橋までが、二里（約八キロ）。歩いても、一刻（約二時間）の道程である。宵五ツ（午後八時）に大木戸を発てば、町木戸を預かる番太郎に顔を見られることなく、家に帰り着くことが出来る。職人たちが仕事仕舞いをし、人通りが増える頃合を避け、腹拵えしてから清兵衛を始末することにした。

男のひとりに握り飯を買いに行かせ、上水の改場の木陰で散らばって食べた。

参吉が勧めたが、芳右衛門は握り飯には手を触れず、頭巾も脱ごうとしなかった。

「今、何刻だ？」改場の森を見ていた芳右衛門が、参吉に訊いた。

六ツ半（午後七時）にはなっているはずだった。

「そろそろ、どうだ？」

「分かりやした」参吉は芳右衛門に答えると、表情《かお》を引き締め、男どもに言った。「逃げる恐れはねえと思うが、抜かりなく頼むぜ」

「この人数だ。間違ってもしくじりはねえっすよ」

「では、直ぐに片付けて来やすんで」

参吉は芳右衛門に言うと、男どもを率いて長屋の路地を奥へと進んだ。

ふたりが戸口の左右に立った。

参吉が顎で、開けろ、と命じた。

腰高障子が音立てて引かれ、参吉と三人の男どもが雪崩込《なだれこ》んだ。

と同時に、向かいの借店の戸が開き、染葉と正次郎に、隼と稲荷町の角次らが路地に飛び出した。

借店の中からは、男どもの悲鳴と叫びが湧《わ》き起こっている。

覗き込もうとした正次郎を染葉が止めた。

「近付くな。一ノ瀬さんが涎《よだれ》を垂らして待ち構えているんだ。目に付いたものは皆斬っちまわねえと収まらねえ」

正次郎が飛び退《の》くのを井戸の近くから見ていた芳右衛門が、慌てて逃げ出そうとして、人にぶつかった。

見上げた。頭巾の中で芳右衛門は顔を引き攣《つ》らせた。目の前にいたのは、二ツ森伝次郎だった。

「これはこれは、大番頭さん」と、伝次郎が言った。「珍しいところでお会いしましたな」

芳右衛門は、腰から崩れ落ちると、瘧《おこり》に罹《かか》ったかのように震え出した。

「福を殺したのは、てめえだな。清兵衛の口を封じようとしたのが、何よりの証だ」

芳右衛門は唇を震わせたまま、うずくまっている。

「小網町の船宿で四郎兵衛や参吉と悪い相談をしていたな。すべて床下で聞かせてもらっていたんだぜ。分かったか。てめえは、もう逃げられねえんだ。答えろ」

　芳右衛門は首を左右に振ると、拳で地面を叩き始めた。伝次郎は、芳右衛門を見下ろしながら訊いた。

「お前が、殺ったんだな？」

　芳右衛門が手を止め、頷いた。

「殺しという大博打を打つからには、当代を四代目にするから、てめえを本家の大番頭にするように、とでも約定を取り交わしたんだろう。どうなんだ？」

「そうだ……」

「爪印を捺《お》させれば、裏切られねえからな。その証文の隠し場所を、後で教えてもらうぜ」

　芳右衛門が、両の手で頭を抱え込んだ。

「ふん縛れ」

　鍋寅と半六が素早く縄を打った。

「一ノ瀬さん、もう入ってもよいでしょうか」

　参吉どもが押し入った借店に向かって、染葉が叫んだ。

「構わぬが、明かりが要るぞ。手首や足首があちこちに散らばっておるでな。踏んでも構わぬのなら、入って来い」

角次と染葉が、提灯を持って借店に入った。足の踏み場がないのか、声が動きに合わせて跳ねている。止まった。傷口でも調べているのだろう。

「可哀相《かわいそう》に、こいつは手首も足首もねえや」

「それは済まぬことをしたな。許せ」八十郎が答えている。

「いたいた。参吉、お前はどこを斬られたんだ？　見せてみろ」

染葉が、うっと声を上げてから、医師を呼ぶように角次に命じた。手下が集まって来た弥次馬《やじうま》を割り、長屋の路地を走り抜けて行った。

伝次郎が、座り込んでいる芳右衛門に訊いた。

「てめえ、浪人を雇って俺を襲わせたか」

芳右衛門は、虚《うつ》ろな目をしたままでいる。伝次郎は、もう一度同じことを訊いた。

「そうすりゃよかった……」

「聞こえねえ。はっきり答えろ」

「知らない。何も知らない……」

嘘を吐いているようにも見えなかった。

(するってえと、俺を襲ったのは誰なんでえ?)

薄ら寒いものが襟許をよぎった。

「畜生」芳右衛門が食い縛った歯の間から、呻《うめ》いている。

「己の悪行の報いだ。仕方ねえだろうが」

いつ借店から出て来たのか、染葉が芳右衛門の傍らに立っていた。

「九年だ。九年間も上手くいっていたのに、戻り舟なんぞにやられちまった」

「何だ」と染葉が訊いた。「それは?」

「あんたらのことだよ。一度流れて行っちまった奴が、また戻って来たんだろう。戻り舟じゃないか」

「違えねえ」染葉が屈み込んで、芳右衛門に言った。「お前、上手えこと言うな」

「よっ、戻り舟」

弥次馬から掛け声が起こった。芳右衛門がそっぽを向いた。

角次の子分が医師を連れて戻って来た。

借店に入った医師が一瞬立ち尽くしているのが、気配で分かった。

入れ違うようにして一ノ瀬八十郎が路地に出て来た。

「歯応えのない奴どもだな。あれが手練だとすると、伝次郎、随分と腕を上げたな。昔はもちっとましな腕をしてたじゃねえか」

（この野郎）

言いたい放題言いやがって。伝次郎は、むかっ腹を撫でさすりながら、夜道で襲って来た手練は、この者どもとは関わりがなかったことを告げた。

「わざわざお頼みしたのに、読みが違っておりました」

八十郎は同心として先輩である。伝次郎は下手《したで》に出たが、済みません、の一言は癇に障って言えなかった。

「いや、それなりに結構楽しめた。獲物を待っている気分には、なれたからな」

「どうです？　一緒にやりませんか」

染葉が、両の手を広げた。

「今のところ、永尋掛りは私たちふたりだけです」

八十郎が片方の頬を僅かに吊り上げた。鼻の先で笑ったのだ。駄目だ、と伝次郎は思った。この男とは組めぬ。しかし、八十郎の腕だけは、ほしかった。

伝次郎の意を察したのか、染葉が言った。

「一ノ瀬さん、伝次郎を襲った者の正体が分かるまででも結構です。お手伝い願えませんか。相手の腕が立つとなると、頼りになるのは一ノ瀬さんだけですからね」

「まあ、暇だしな。そんなに長くいるつもりはないが、今少しならばいてやってもよいぞ」

「その代わり、手伝ってもらいますよ」伝次郎が言った。

「面倒だが、致し方あるまい」

参吉どもと、縄を打った芳右衛門を大八車に乗せ、内藤新宿で雇った合力《ごうりき》に曳《ひ》かせる仕度をしている合間に、伝次郎がこっそりと染葉に言った。

「やはり、気に食わねえ。嫌な奴だ」

「先輩だから、敬意を表さねばならないからであろう?」と言って、染葉が伝次郎をくいと見上げた。「でもな、考えてもみろ、百井様を。あのお方は、年番方与力の筆頭だ。奉行所広しといえども、頭を下げるのは御奉行だけなのに、俺たち、いや伝次郎を捕物の先輩だからと立て、堪えているではないか。分かるな。人の繋がりとは、そういうものなのだ」

「染葉、お前は、つくづくいい奴だ。仲間には、お前のような冷静なのが必要だ。それは分かった。しかし、お前は余計なことに気を回し過ぎる。気を回していると、横紙破りな生き方など出来なくなっちまうぞ」

「それが伝次郎か」

「悪いか」

「よくはなさそうだが、俺は気に入っている」

用意が整った、と角次の手下が知らせに来た。護送の役を買って出てくれた染葉に、証文の在《あ》り処《か》を聞き出すように頼んだ。「承知した」染葉は伝次郎の肩をぽんと叩くと、角次らとともに大八車を率いて大番屋へと向かって行った。

見送った伝次郎が鍋寅に、初に知らせてやるように言った。喜びやしょう。鍋寅が隼を呼んだ。

「一っ走りしちくれ」

隼に続いて半六が奉行所へ走った。事の次第を伝え、四郎兵衛捕縛に捕方を向かわせるためだった。ふたりの後をゆっくりと追って、伝次郎らも帰路についた。

神田鍋町の《寅屋》近くで別れる時、伝次郎が鍋寅に耳打ちをした。

疲れの浮いた鍋寅の顔が、涙と笑みで溢《あふ》れた。正次郎は、伝次郎が何を言ったのか、訊こうかとも思ったが、足が重く、口を開くのも億劫《おっくう》なので止めた。

八十郎も鍋寅が見付けておいた長屋へと、引き上げて行った。

組屋敷に戻ると、木戸門のところに新治郎と定廻りの筆頭同心・沢松甚兵衛がいた。

「半六から話を聞き、お帰りをお待ちしておりました。お指図の通り四郎兵衛は捕え、大番屋に送りました」

「そうか」

正次郎は、誰にともなく頭を下げて、木戸門の内側に入った。玄関に伊都がいた。

「いささか疲れた。上がってもよいか」伝次郎が隠居部屋に目を遣った。

「気が付きませんで」

新治郎と沢松が道を空けた。伝次郎は菜園を踏まぬように庭石伝いに回り込み、部屋に上がった。

「上がるがよい」

新治郎と沢松が、並んで戸障子を背にして座った。

「福を殺《あや》めたのは、手代の芳兵衛。今の大番頭の芳右衛門であった。当代の四郎兵衛は、福が死ねばてめえが本家の四代目になれるから、と芳右衛門と手を組んだのだ。それを証す証文があるって話だ。隠し場所は、今頃染葉が芳右衛門から聞き出している頃だろう。証文がなくとも、芳右衛門は吐いたのだから、もう逃げられねえがな」

「清兵衛は、濡れ衣だったのですね」沢松が袴を握り締めている。

「そうだ」

沢松の拳に涙が落ちた。

「てめえは、九年もの間、事件に関わっていた者どもを調べていた。その根気、その姿勢は認めるが、なぜ芳右衛門を追い詰められなかった？」

「証が、ございませんでした」

「そんなものは、なけりゃ作らせるんだ。でっち上げろと言うんじゃねえ。毒を使って、毒を吐き出させるんだ」

新治郎を見た。

「半六から聞きました」新治郎が答えた。

「そういうことだ」

「胸に刻みおきます」沢松が、畳に手を突いた。

「だが、よく調べておいてくれた。役に立った」

「ありがとうございました」

もう一度深く頭を下げると、沢松は己の組屋敷に帰って行った。

「これで暫くの間は、奴を好きなように使えるな」

「父上」新治郎が窘《たしな》めるように言った。「私が沢松様の立場なら、同じようにしたと思います」

「であろうな。そう言い切ってしまえるのが、そなたの美点だが、欠点でもある。時には無茶も必要なのだ。風穴を開けるためにはな」

しかし、と言って、伝次郎が続けた。

「此度《こたび》のは、余り使う手ではない。誰の心の中にもいる悪の虫をちいと動かしてやったのだが、しくじるといけねえから、お前は使うな」

「使いません」

「それでよい」

庭に足音がした。正次郎だった。

「熱い茶を持って参りました」

「ありがたい。飲みたかったところだ」

　正次郎が盆を持って上がって来た。熱い茶を満たした急須に、菜園で採れた青菜を漬けた香の物が添えられていた。

　伝次郎の手が直ぐに伸びた。

「それにしても」と新治郎が言った。「清兵衛はどこにいるのでしょうね。濡れ衣が霽《は》れたというのに」

「明日にも出て来る。妹と一緒にな」

　新治郎と正次郎が顔を見合わせた。

「明日、正次郎は出仕が遅れるかもしれぬぞ」

「それは拙《まず》うございます」正次郎が言った。

「そんな些細《ささい》なことより、もっと大切なものを見せてやる」

「そのような勝手は」と新治郎が言った。「通りませぬ」

「通せばよい。沢松が四の五の言ったら、逆捩《さかね》じを食らわせる材料は腐る程あるのだからな」

「父上」新治郎が困ったような顔を作った。

「冗談だ。まともに受け取るな」

「分かりました」新治郎が答えた。「奉行所には、適当に申し伝えておきましょう」

「最初からそう言えばよいのだ」

伝次郎は香の物を口に放り込むと、荒っぽく嚙みながら、ところで、と新治郎に言った。

「もう少し小さく切った方が嚙み易いのだがな」

「伊都に、そのように言うておきます」

「きつくは言うなよ。味はよいのだからな」

十一

四月六日。

明け六ツ（午前六時）の鐘が鳴り終わるのを待っていたのだろう。鍋寅が木戸門を開け、隠居部屋の踏み石まで来て、朝の挨拶を大声で二度発した。

「聞こえているぞ」

事件が片付き油断したのか、つい寝坊してしまい、仕度が遅れていたのだった。羽織の袖に腕を通し、刀を手に取り、腰に差した。

表で伊都が、半六や隼と挨拶を交わしている。鍋寅も加わった。

伊都が茶を振舞っているらしい。

正次郎が出て来て、袴の具合を伊都に直されている。正次郎にしては珍しく、不機嫌な声で母の手を拒んでいるらしい。

「ご馳走様でございました」

隼が湯飲みを盆に戻している。半六が、正次郎様も行かれるんで、と訊いた。

「父からお供せよ、と命じられたのです」

隠居部屋の戸が開き、伝次郎が現れた。

「行くぞ」

大工など出職の者が家を出るのは六ツ半（午前七時）頃である。

ゆるりと歩いても十分間に合う刻限だった。

「どこに行くのですか」正次郎が、伝次郎に訊いた。

「行けば分かる」

伝次郎がつまらなそうに答えた。半六と隼を見た。首を捻っている。知らないらしい。鍋寅を見た。目を合わせないように、横を向いた。知っているらしい。

正次郎は、黙って付いて行くことにした。

一石橋《いちこくばし》を渡り、北鞘町《きたさやちょう》に出た。

裏店に折れる路地の入り口で人だかりがしていた。

「何でございやしょう？」隼が、声を上げた。

女が地べたに手を突き、土下座をしている。その後ろに男と、年のいった女が並んで同じように頭を下げていた。

「早く行きやしょう」隼が二、三歩駆け出して、振り向いた。

「待て」伝次郎が、人だかりを透かすようにして、女を見た。

「先達、助けてやりましょうよ」正次郎が女どもを指さした。

「慌てるな。よく見ろ」

正次郎と隼が、首を伸ばした。女が頭を下げている相手は、道具箱を肩に担いだ大工だった。女が、何か粗相をして詫びている訳ではないらしい。正次郎と隼が目を合わせてから、女と男を、そして後ろの者を見た。

女が顔を上げ、何事か叫んでいる。嗚咽《おえつ》で声が聞き取れない。しかし、女が鉄漿《おはぐろ》をつけていることから既婚の身であることは分かった。

「放っといてもよろしいんでやすか」隼が伝次郎に訊いた。

「黙って、見ていろ」

女は額を地べたに押し付けると、背を波打たせた。女の後ろにいた男が、涙声で許しを乞うた。年のいった女も、何事か口にしている。

大工の男が、女から目を移さずに道具箱を足許に置いている。

「あの女が、お園だ」と伝次郎が言った。「清兵衛の妹のな」

お園……。正次郎と隼と半六が、口の中で呟いた。

「では、あの男は？」正次郎が尋ねた。

「由吉って大工だ。清兵衛の一件で、お園との縁談を反故《ほご》にしたと言われている男だ」

初が俺たちに言ったことが本当か、大工の由吉に確かめたところ、そんな話はなかったことが分かった、と伝次郎が言った。お園が何の断りもなしに、由吉の前から姿を消しちまったのよ。

「そして、別の男に嫁いでいたのですか。あの姿は、どう見ても亭主持ちですよね」

正次郎が口を尖らせた。

「その亭主ってのが、実は清兵衛だったのさ。身形《なり》は形だけのことだ。伜を、兄を隠すために、母と妹が知恵を絞ったって訳だ」

初が絡んでいると思ったのは、事件の後清兵衛が立ち寄らなかったと言い張ったからだ。こいつは何かあると勘が働いた訳だ。それから俺は由吉の話を聞いて、清兵衛はお園と暮らしているのではないか、と思った。どこにいるかまでは分からなかったがな。

その考えに間違いがねえと分かったのは、初が毎月のように由吉の様子を見に来てるって聞かされた時だ。由吉が住んでいる、長屋の大家から聞き出した話だ。由吉が独り身でいるのかどうか、気を揉んでいたんだな。

由吉が両の手を震わせながら前に突き出し、よろとお園に近付いた。お園が、いやいやをするように首を振りながら由吉を見詰めている。

由吉の口が開き、火のような叫び声を上げた。

「お園、えれえ。お前はえれえ。よく兄さを守った」

お園の泣き声が上がった。

「由吉が独り身でよかったでやすね」鍋寅が、洟を啜り上げながら言った。

「一途《いちず》だったお蔭だな」

お園の肩に、由吉が手を置いた。お園が立ち上がろうとしている。由吉が支え、膝許の汚れを払っている。顔を上げた初が、伝次郎に気付いたらしい。清兵衛の袖を引くと、ふたりで掌を合わせた。

初を、清兵衛を、園を、由吉を見ていると、俺は仏じゃねえ、とはとても言えなかった。

(よかったな)

伝次郎は口の中で呟いた。

「旦那」

鍋寅が、斜め向かいの路地を目で指した。曲がり角に沢松がいた。膝に手を当て、深々と頭を下げていた。恐らく、新治郎から永尋掛りが揃って出掛けると知らされたのだろう。

「お縄は怖《こえ》えな」と伝次郎が鍋寅に言った。

「だから隠居したんですよ、あっしは」

「済まねえな」

「いいんですよ。戻り舟は乗り合い舟でやすからね」

行くぜ、と伝次郎は言おうとしたが、正次郎と隼がまだ貰《もら》い泣きをしていた。

みっともなくて、連れて歩けるかよ。

伝次郎と鍋寅と半六は、ふたりが泣き止むのを待った。

第三話　何も聞かねえ

一

四月十四日。

二ツ森伝次郎が、鍋寅に隼と半六、それに非番の正次郎を連れて、高輪へと抜ける芝口橋を渡ったのは、昼八ツ（午後二時）を少し回った頃だった。

目指す《しめじ長屋》は、芝口橋から程近い源助町《げんすけちよう》にあった。元薬種問屋の手代で、今は棒手振《ぼてふり》を生業《なりわい》としている太兵衛《たへえ》は、そこに三年前から住んでいるはずだった。

博打の金でもほしかったのだろう。下谷の寮で余生を過ごしていた隠居夫婦を殺し、蓄え金を奪ったのが、太兵衛であった。その塒《ねぐら》にようやく辿り着くのである。

伝次郎は、逸《はや》る心を抑えた。

事件は十三年前に起こった。雨の夜の犯行で、見た者がおらず、また隠居夫婦と太兵衛との間に繋がりがなかったことなどから永尋《ながたずね》になっていた。

ひょんなことから太兵衛の名が挙がってきた。

別の調べで博打場を回っていた鍋寅が、太兵衛の噂を聞き付けたのだ。

噂の元は、半年前、借金を踏み倒そうとして簀巻《すま》きにされて川に流されるところを、太兵衛に助けられたという男だった。

——もう一昔も前のことになるが、俺も同じようなことで追い詰められてな。押し込みをしちまったんだが、それを今でも悔いているんだよ。眠ろうとすると、爺さんと婆さんが夢枕に立ってな……、嫌なもんだぜ。

そんなことを話してから金を恵んでくれたんでさあ、と男は、僅かな金子《きんす》を得るために、恩人を裏切って得々としゃべった。

以来、太兵衛の名を手掛りに、市中を隈無く探したのだが、杳《よう》として行方は知れなかった。それが、ようやく摑めたのだ。

「馬鹿でやすよね」と半六が、皆に言った。「何で、口の軽そうな男に、そんな秘密を話しちまったんでしょうね」

「気付かれねえとでも思ったのかな？」隼が、小首を傾げた。

「捕まりたかったのかもしれねえぜ」と鍋寅が言った。「ねえ、旦那？」

「それか、死ぬ気になっているか、だろうな。そうでなけりゃ、十三年も隠していたことを話す訳がねえ」

「それじゃ、急がねえと」鍋寅と半六が、口を揃えた。

「俺の足は二本しかねえんだ。これ以上速くは歩けねえよ」

《しめじ長屋》は、小間物屋と竹皮問屋に挟まれた路地奥にあった。

鍋寅がひとりで木戸を潜り、大家・久兵衛《きゆうべえ》の家の裏戸をそっと叩いた。

「どなたかな？」

鍋寅は返事をしようともせず、するりと戸の内側に滑り込んだ。太兵衛の借店を大家に訊いているのだ。

腰高障子が勢いよく開いて、鍋寅が伝次郎を呼んだ。

「遅過ぎやした。野郎、死んでおりやす」

太兵衛は三月前《みつきまえ》に胃の腑が裂け、大量の血を吐いて息絶えたらしい。

「本当に太兵衛なんだな」

　伝次郎が鍋寅に、絵師に描かせた太兵衛の似顔絵を久兵衛に見せるように言った。

「間違いございません。太兵衛でございます」

　長屋の者一同で弔いを出し、寺に運んだのだ、と久兵衛が言い添えた。

「太兵衛さんが何をしたのか存じませんが、あんなに心のきれいな人は、滅多にいるものではございません。仏の太兵衛と呼ばれておりました」

「とても信じられねえな」

「家主《いえぬし》がよいお方で、長屋に人が住んでいてくれさえすれば用心の足しになるのだからと、店賃をうるさく言わなかったのですが、雇われ大家である私の立場を考え、払えない人の分も店賃を払ってくれておりました。それだけではございません。病の者の薬料も、皆引き受けておりました」

「何で稼いだ金だ？　博打か」

「とんでもございません。青物を商って、朝から晩まで身を粉にして働いておりました」

　盗みに入った先で、年老いた夫婦を次々に刺し殺した者と同じ男だとは、とても思えなかった。

「墓を確かめてえんだが」

「ようございますとも」

久兵衛の案内で、近くの寺へと出向いた。久兵衛が住職を呼んでくれるように小坊主に言って、墓に向かった。太兵衛の墓は、墓地の外れにあった。訪れた者がいたのだろう。まだ生けたばかりの花が手向けられていた。

現れた住職の話も、久兵衛と似たり寄ったりであった。

伝次郎は礼を言って、寺を出た。

「罪を償おうとしていたのでしょうか」隼が訊いた。

「人をふたりも殺したんだ。善行を積んだからとて、償えるもんじゃねえ」

「そうかもしれませんが、悔いる気持ちがそうさせたのではありませんか。そのようなことを、助けた男に話していたではありませんか」正次郎が、隼と伝次郎を見比べながら言った。

「それが気に入らねえんだよ。悔いているなら、黙って金を出し、黙って悔いていればいいじゃねえか。俺は悔いているってのは、他人様《ひとさま》に言うことか」

「口に出すことで、そうだと言い聞かせていたのかもしれないではありませんか。祖父上《おおじうえ》も、そのようなことがあるでしょう？」

「祖父上ではない。先達《せんだつ》だ」

「先達」正次郎が渋々と言い直した。

「口に出すのは分かってくれ、と縋《すが》りたいからだ。悪いが、俺にはねえ」

伝次郎が吐き捨てるように言った。

正次郎が頭を掻きながら引き下がった。

「とにかく」と鍋寅が言った。「これで一件落着でございやす。よかったじゃありやせんか」

「飲むか」

と伝次郎が、振り返りもせずに言った。刻限は、夕七ツ（午後四時）を回っていた。

酒場に向かうには、丁度よい頃合だった。

鍋寅は西空を盗み見た。黒い雲が広がり始めていた。

（雨になるか……）

しかし、鍋寅は、思ったことと違ったことを口にした。

「飲みやしょう。御用聞きの心得、その一。嬉しかったら飲む。悲しかったら飲む。どっちとも言えねえ時も、飲む。ひたすら飲む。飲むことでしか、眠れねえ夜もありやすからね」

「あるのか」伝次郎が訊いた。

「あるの？」隼が訊いた。

「当《あ》ったり前《めえ》よ。満腹にして眠る年頃は、疾《と》うに過ぎちまってらあな」

七十二歳である。疾うに過ぎていてくれなければ困る、と隼は呆れ顔を作って見せた。

竹河岸の東隅にある居酒屋《時雨屋》に寄った。

雲が更に低く垂れ込め始めて来たせいか、客はひとりもいなかった。

「救いの神ですよ」と女将の澄が、はしゃいだ声で言った。「景気付けに騒いでくださいな」

「だめだ。通夜をしに来たんだ」伝次郎が答えた。

「あらま、どちら様です？　亡くなられたのは」

「仏の某《なにがし》と言ってな、死ぬ前から仏と言われていた奴だ」

「それで、お迎えが来たのね」小女の春が、盆を胸に抱えたまま大きく頷いた。

「そうかもしれねえぜ。取り敢えず、酒と何か肴をくれ」

伝次郎に続いて皆が入れ込みに上がった。

二合入りの銚釐《ちろり》が二本と、小魚の味醂《みりん》干《ぼ》しを炙《あぶ》ったものが出てきた。

隼と半六が銚釐を取り上げ、伝次郎と正次郎と鍋寅に酌をした。すべての杯に酒が満ちた。

「ご苦労だったな。ありがとよ」

伝次郎が頭を下げた。隼と半六が鍋寅に倣って、礼を返した。

大きな皿に盛られた煮物が出てきた。

「若のを、取って差し上げろ」鍋寅が隼に言った。

隼が取り箸を手にして、正次郎に訊いた。

「何をお取りしましょうか」

大根、つみれ、蒟蒻《こんにゃく》、厚揚げに蛸《たこ》などが、一緒くたに盛り付けられていた。

「では、大根を」

「他には？」

「蒟蒻も」

「それでよろしいですか」

「蛸も、もらうかな」

隼は、それ以上は訊かずに、小皿を正次郎の膝許に置いた。

「はい」

「ありがとう」

「いいえ」

「どうです?」と鍋寅が正次郎に訊いた。「まだ日が浅《あそ》うございやすが、捕物って奴はお気に召しやしたか」

「よく分からないが、先日の一件のように、感動して泣いたなどという経験《こと》は、生まれて初めてのことだった。遣り甲斐《がい》はありそうだが、私の手に負えるか、正直心許無い」

「当たり前でございやすよ」鍋寅が言った。「若は十七。これから覚えることは山ほどございやす。今から自信があってたまりやすか」

「悔し涙で眠れぬ夜を過ごさなければ、捕物の腕は上がらねえと思え。俺たちだって泣いたんだからな」

「旦那、あっしは泣きやせんでしたよ」

「この大嘘《うそ》吐《つ》きめが」

「ヘヘッ、御免なすって」

鍋寅の箸がするりと伸び、大根を刺した。

「あっしには、太兵衛の気持ちが分かるんでございやすよ。何かよいことをしないと居たたまれなかったんじゃねえでしょうか。あれは他人のためにしたのではなく、てめえのためにしたんでござんしょうね」

「正次郎、大根に汁が染みるようにな、長く十手を持ってると、捕物の汁が染みるもんなんだ。いい見本が、大根を食ってるからよく見ておけ」

「染みて、色も黒いし」隼が言った。

「何を」脂の浮いた顔をつるりと撫でて、鍋寅が皆に噛み付いてから隼に言った。「てめえは飯をもらって食ってろ」

隼は澄に飯を頼むと、何かを飯に掛けるような仕種をした。女将が笑って頷いた。

丼飯が来た。飯に煮物の汁がたっぷりと掛かっていた。

隼が、香の物を摘みながら、丼に顔を埋めるようにして食べている。

正次郎にしてみると、女が、それも己と同い年程の者が、丼を抱えて荒っぽく食べているのを見るのは初めてだった。しかも、汁掛け飯である。二ツ森の家では、根深の味噌汁を飯に掛けることさえ、なかなか許してもらえなかった。

「何か」

と隼が、箸の動きに見惚《みと》れている正次郎を見返した。

「美味そうだな」

「そりゃあ、美味いっすよ」

「先達」正次郎が、隼の丼を指さして訊いた。「私も、汁掛け飯を食べてもよいでしょうか」

「構わねえよ」伝次郎が目を丸くして言った。「第一《でえいち》、そんなこと、いちいち訊くな」

隼は目の隅で正次郎を盗み見ると、汁を啜る振りをして溜息を吐いた。

春が運んで来た汁掛け飯を、瞬く間に食べ終えた正次郎は、壁に凭《もた》れているうちに眠り込んでしまった。

「おい、引き上げるぞ」

伝次郎に起こされた時には、すっかり日は落ち、夜になっていた。半六に刻限を尋ねた。

「六ツ半（午後七時）を回った頃でしょうか」

一刻（約二時間）は眠ってしまっていたらしい。

「そんなに……」正次郎は体裁を保とうと、雨は、と訊いた。「どうやら、保《も》ったのかな？」

閉じられた障子を見、土間を見た。濡れていない。

「いいや、やはり降り始めたようだな」伝次郎が耳敏く聞き付けて答えた。

やはりって、それならば、降る前に帰ればよいではないですか。正次郎は思わず口にした。

「降らねえこともある。だったら、飲んだ方がいいわさ」

「傘を借りましょう」正次郎は女将を探した。

「慌てるな。降りを見てからだ」

隼と半六が、外を覗いた。

「小糠雨《こぬかあめ》でございやす。あっしらは傘なんざいらねえですが、旦那と親分の分を借りやしょうか」

「半六よ、嫌に年寄り扱いするじゃねえか」鍋寅が、酔眼で睨んだ。

「若かねえ、確かに年寄りだよ、俺たちゃあ」

伝次郎は鍋寅の肩に手を置き、縄暖簾を掻き分けて外を見た。煙るような雨が棚引いていた。

屋号を染め抜いた傘と提灯《ちょうちん》を借り、伝次郎と正次郎が、鍋寅と隼が一緒に入り、半六だけがひとりで使った。

「申し訳ございやせん」

「小さいことを気にするねえ」

鍋寅の足が、僅かに縺《もつ》れていた。

飲ませ過ぎたか。伝次郎は、改めて鍋寅に老いを感じた。

伝次郎と正次郎は、神田鍋町に向かう三人と別れ、楓川に架かる越中殿橋《えっちゅうどのばし》を東に渡った。半六は、北新堀町に塒《ねぐら》があるので、本来ならば伝次郎らとともに橋を渡るのだが、本降りになった時の用心のために、伝次郎が鍋寅と隼を送るように言い付けたのだった。

橋を渡ると伊勢桑名《いせくわな》藩主・松平越中守《まつだいらえっちゅうのかみ》の上屋敷の塀が長く続いていた。間遠に置かれた常夜灯に照らされて、小糠雨が生き物のようにうねり流れている。

人気《ひとけ》が絶えていた。

塀が尽きたところにある神田松下町代地《まつしたちょうだいち》に出なければ町屋はない。普段でも人通りが少ない上に、雨である。人の姿は、どこにも見受けられなかった。

（…………）

伝次郎の背に冷たいものが奔《はし》った。

背後の闇の中に、何者かが息を潜めているような気配がしたのだ。

（奴どもか）

先月の末に襲って来た者どもなのだろうか。彼奴《あやつ》どもだとすると、正次郎とふたりでは、敵う相手ではなかった。先は見えていた。

「正次郎。黙って聞け」

「はい？」正次郎が緊張感のない、寝惚《ねぼ》けたような声を出した。

「呼子を、持っているな？」

「首から下げていますが」

「声に出すな。持っているなら、頷け」

伝次郎の緊迫した声に圧され、正次郎の首が縦に動いた。

「振り向くな」

「……はい」

「しゃべるなと言うたであろう。よいか、決して振り向かずに聞け」

正次郎の咽喉《のど》が鳴った。

「間もなく刺客が襲うて来る。立ち合おうなどとは思わず、呼子を吹け。吹きながら、俺に構わず逃げろ。分かったな？」

「出来ません」

「何？」

「先達を見捨てては逃げられません」

「殺されるぞ」

「実を申しますと、一晩先達のお供をすると、一朱の小遣いがもらえるのです」

一両八万円と換算すると、一朱は五千円に相当する。

「ここで逃げたら、小遣いがもらえませぬ」

「お前は真面目に話しているのか、このような時に……」

突然、背後の闇が膨らみ、黒い塊が飛び出して来た。塊はふたりいた。

「逃げろ」

伝次郎は叫ぶや、提灯を放り投げ、腰の太刀を引き抜いた。

正次郎は傘を畳んで肩に載せ、投げ付けるような格好をしている。

「何をしている。呼子を吹け」

「そうでした」

正次郎は胸許から呼子を取り出し、口に銜《くわ》えた。

第一の刺客が目の前に迫った。初太刀を躱《かわ》す。それだけを考えて伝次郎は太刀を構えた。躱せれば、まだ何とかなろう。

刺客の太刀が振り降ろされた。その胸許に、傘が飛んだ。刺客が、慌てて傘を太刀で払い除けた。初太刀は、傘に邪魔されて流れた。

「ようやった」

呼子が、ピイピと鳴った。口に銜えたまま、はいと答えたらしい。

「吹け。早く吹け」

吹き鳴らそうとした正次郎に、第二の刺客が襲い掛かった。何とか躱している姿が、目の隅に見えた。

「これまでだ」と第一の刺客が、伝次郎に言った。「観念せい」

正次郎は呼子を吹きながら逃げ回っているのだろう。切れ切れに鳴っている。

第二の刺客の方が、己と向かい合っている第一の者より、腕は劣るように思えた。

(正次郎の腕でも、少しは保つだろう)

伝次郎は、目の前の刺客に気を集めた。

刺客の切っ先が、すっと下がった。

咄嗟《とっさ》に、間合を取るために足を引いた。

刺客が飛んだ。合わせて前に飛ぶだけの技量は、伝次郎にはなかった。更に背後へと足を送った。背が土塀に突き当たった。これ以上下がることは出来ない。

刺客の爪先が土を噛んだ。

（来る）

左右に動けるよう、伝次郎が腰に力を溜めた時、呼子が高く、強く、鳴り響いた。息継ぎとともにか細く鳴る正次郎の呼子ではなかった。

「旦那ぁ」

「捕方を引き連れて参りやした」

鍋寅と半六の声だった。交互に叫んでいる。

刺客が飛び退いて、雨を透かして鍋寅らの方を見ている。鍋寅らの背後には誰もいない。覆面の奥で、咽喉がくぐもった音を立てた。騙されたのに、気付いたのだ。だが、その時には、呼子が間近に迫っていた。これ以上ここに留まっていては、武家屋敷から家士が出て来ぬとも限らない。

「命冥加《いのちみようが》な奴めが」

　刺客は、仲間に声を掛け、闇の中に走り込んで行った。

「正次郎」

　叫ぶ間もなく、腰も背も泥だらけになった正次郎が、もそもそと這い出すようにして闇から姿を現した。

「大事ないか」

「あのような者に斬られる私ではありません」

「そうか」

　半六が着き、鍋寅と隼が追い付いた。

「お怪我は？」鍋寅が訊いた。

「正次郎が傘を投じてな、敵の初太刀を封じてくれたので助かったわ」

　伝次郎が、塀際に落ちていた傘を拾い上げた。骨を一本残して、断ち斬られていた。

　危なくこうなるところであったわ。伝次郎は、改めて正次郎に言った。

「よく敵が打ち込んで来る呼吸を読んだな」

「そのためにこっちは逃げ惑って、この有り様です」

泥に塗《まみ》れた腰と背を皆に見せた。それぞれの顔に安堵の笑みが溢れた。

「皆もよう駆け付けてくれた」

「爺、いいえ、親分が、あんなに酔っていたのに、突然素面《しらふ》になって、ばっきゃあろう、そっとお見送りするもんでえ、と怒り出しまして。それで橋を渡って来たら」

更に言葉を重ねようとした隼を、鍋寅が遮った。

「ばっきゃあろう。何から何まで言うんじゃねえやい。言わぬが花の吉野山《よしのやま》よ」

「ありがとよ。よく来てくれた。お蔭で助かったぜ」

「へい」

洟を啜り上げている鍋寅を、隼がそっと支えた。

組屋敷の前で鍋寅らと別れ、路地を進み、二ツ森家の木戸門を押した。

正次郎が母屋の玄関を開けるのを背で聞きながら、伝次郎は隠居部屋へと向かった。

飛び石が雨に濡《ぬ》れて、微かに光っている。

引き戸を開け、狭い土間にある流しで手を洗ってから座敷に上がった。

手焙《てあぶ》りに火が入っており、五徳にのった鉄瓶に湯がたぎっていた。

湯の騒ぎ具合からして、まだ沸いたばかりだと知れた。蓋を取り、水を注してから、羽織を脱ぎ、帯を解いた。

着替え、茶を飲もうとしていると、母屋から飛び石伝いに人の来る気配がした。

踏み締める音が重く、ひとりだった。新治郎に相違なかった。

（また小言を言われるのか）

覚悟は出来ていた。再び襲われた上、正次郎をも危うい目に遭わせたのだ。

「よろしいでしょうか」

「うむ」

新治郎は濡れ縁《えん》から座敷に上がると、膝を崩さずに座った。

伝次郎は茶を口に含み、そっと飲み込んだ。物言いたげな顔をしている新治郎に、今夜は、と言った。

「正次郎に……」

「父上」

新治郎が、話を遮るようにして言った。

「百井様に伺ったところ、突然のことで、永尋掛りの方々のお手当などについて、まだ何も決まっておらぬとか。それどころか、一時金もなかった由。迂闊《うかつ》にも存じませんでした。それではお働きもままならぬかと思い、些少ではございますが」

と言って懐から、刺し子の端切れを縫い合わせて作った頑丈そうな巾着《きんちゃく》を取り出した。

「何かの足しにお使いいただければと思い、持参いたしました」

置かれた重さからして、三十両は下らぬと、伝次郎は見た。

定廻りをしている新治郎ならば、大店か大名家一軒から贈られる付届《つけとどけ》の額であり、暮らし向きに響くという額ではなかったが、もらう謂《いわ》れはなかった。伝次郎は巾着を新治郎の前に押し遣った。

「要らぬ」

「と言われて、引き下がる訳には参りませぬ」

「どうしてだ？」

「私は倅でございます」

ぐいと圧されるものがあった。新治郎が俄《にわか》に大きく見えた。

「本日も、何かあったようでございますが、私や伊都が何を申しても、お辞めになる父上とは思うておりません」

「…………」

「でしたら、働き易いようにさせていただくのが倅の務めでございましょう」

「うむ」

「どうです、成長したでしょう、私も」新治郎が、照れ隠しにと、考え抜いて作ったらしい冗談を口にした。

「馬鹿を申せ」

憤《いきどお》ってみせたが、それに気付かぬ伝次郎ではなかった。新治郎の心ばえが胸に染みた。

「過日は伊都に高価なものをありがとうございました」

「いや、何」

「喜んでおりました」

「そうか」

「伊都のあんなに嬉しそうな顔を見たのは、久し振りのことでした」

「…………」

「では、お休みなさい」

「うむ」

新治郎は立ち上がると、軽く礼をして障子を開けた。

「その、何だ、あれだ……」

伝次郎は痒《かゆ》くもない鼻の頭を二、三度掻いた。新治郎が立ち止まっている。

「済まぬな。助かる」

これまでは揉め事の仲裁などで得た礼金を使っていたのだが、それも底を突き始めていたのだった。

「はい」

新治郎が後ろ手に障子を閉めた。

二

四月十五日。朝五ツ（午前八時）。

染葉忠右衛門の不機嫌な声が、《寅屋》に響いた。

「どうして一ノ瀬さんがいない時に、飲みに行ったりするのだ？」

「まさか襲われるとは思いもせなんだのでな」

伝次郎が、額に手を遣った。

「油断だぞ」

「以後気を付ける」伝次郎が頭を下げた。

「いいか、好き嫌いを言うのは、お主の悪い癖だ。そのようなことを言っている場合ではないのだからな」

「分かった」

染葉の真情は分かり過ぎる程分かった。口答えが出来なかった。

小言の間中、鍋寅と隼と半六は座って凝っと聞いていた。

（少しは俺の肩を持ち、何とか言い訳しねえのか、この唐変木《とうへんぼく》どもめが）

悪態を吐きたいところだったが、それでは反省が足りぬと、染葉の小言が長引いてしまう。伝次郎が凝っと堪えているところに、一ノ瀬八十郎が顔を出した。

「どうした？」

八十郎が伝次郎と染葉を交互に見詰めた。

「昨夜、また刺客が現れたんでございやす」鍋寅が、立ち上がって言った。

「其奴《そやつ》が何者か、分かったのか」

「いいえ」

「どのような構えをしていた？」八十郎が伝次郎に訊いた。

「初太刀は上から、次に塀際に追い詰められた時は、下段で間合を詰めて来ました」

「太刀捌《さば》きで分からぬか。一刀流の流れであるとか」

「その辺のことは皆目……」

「逃げるのに夢中で、ろくに相手を見ていなかったのではないか。そもそも腕が腕だから、仕方がないが」

瞬間、伝次郎の頭に血が上ったが、八十郎は捕物稼業の先輩であり、取り敢えずは必要な男だった。堪えるしかなかった。

(聞き流せ。相手は口の利き方も知らぬ野獣郎だ)

「一ノ瀬さん」と染葉が、間に入った。「咄嗟のことですから、無理ありませんよ。それよりも、毎日ここに詰めてもらわないと、また同様のことが起こるかもしれませんので」

昨日は、昔の剣術仲間に会うのだ、と勝手に出掛けてしまったのだった。

「今日からは、伝次郎と一緒に動いてください。お願いしますよ」

「そうしよう」八十郎が、冷めた声で言った。

染葉は一息吐いてから、本当に、襲うた者に心当たりはないのかと、伝次郎に尋ねた。

「いや、絞れた」

あっさりと伝次郎が答えた。

「実《まこと》か」

「先ず考えたのは、俺への恨みだ。だが、あり過ぎて分からなかった。そこで古いものは捨てて、今のてめえに限ってみた。昔の恨みなら、もっと早い頃に襲って来そうなもんだからな」

「そうだな……」

「最初に襲われたのは、本腰を入れて調べるのはどれか、四件の永尋を洗い直している頃だった」

そのうちの一件は落着し、二十三年前の一件は染葉に回した。

伝次郎が今調べているのは、三十五年前と十三年前の二件であったが、十三年前の一件は下手人が死んでしまっていることが判明した。

「この前襲われた時から、今も引き続いて調べているのは、三十五年前の一件だけだ」

「では？」

「そうじゃねえかってところだが」

「詳しく話してくれ」

三十五年前の三月五日に、その一件は起こった。

殺されたのは、小伝馬上町《かみちょう》にある享保《きょうほう》年間創業の老舗《しにせ》菓子舗《大和屋《やまとや》》の女中・秀《ひで》だった。秀は当時二十九歳。老舗の奥向きを取り仕切っており、性格も器量もよく、人を使うことも、使われることも上手かったところから、主《あるじ》夫婦から絶大な信頼を得ていた。

その秀が殺されたのは、夜四ツ（午後十時）。姪《めい》の力《りき》が急な病だ、との知らせを受け、お店から駆けつける途中、僅か一町（約百九メートル）も行かない道端で刺し殺されたのだ。

これという手掛りはなく、月番に非番と月をふたつ跨いで調べたのだが埒《らち》が明かず、永尋となってしまっていた。伝次郎は例繰方に回っていた調書などをすべて読んだが、同心らの調べに遺漏があったとは思えなかった。行きずりの者の仕業であろうというのが、結論となっていた。

「姪からの呼び出しは？」

「本物だった。食中《しょくあた》りだったそうだ。薬を処方した医師・坂本天庵《さかもとてんあん》にも会って確かめたから間違いない」

「食中りは姪だけか」

姪が仮病を使い、呼び出したのではないか。

「俺も同じことを考えたので調べると、一緒に食らった長屋の者四名がやはり食中りしていた。今もふたりの者がその長屋に住んでいるので、当時のことは直ぐに聞けた」

「何を食ったのだ？」突然、隅の方から八十郎が訊いた。

「鯖《さば》です。もう危ねえからと棒手振が売り残していたのを、長屋の者どもともらい受けたという話でした」

「俺は鯖は食わぬ」八十郎がぬるくなった茶を啜った。

「…………」

構うな、と染葉が片目を瞑り、伝次郎に合図した。

「その一件で、誰に会ったか、書き留めてあるだろうな？」染葉が、生真面目な顔をして言った。

「勿論だ」

「教えてくれ」

伝次郎は、覚書を捲《めく》り、聞き込みをした者の名を挙げ始めた。染葉が、懐紙に書き留めた。

「今の《大和屋》主・宗右衛門《そうえもん》、三十六歳。御内儀の品《しな》、三十歳。亡くなった先代の御内儀、つまり大御内儀の倫《りん》。これが六十一歳。番頭頭《ばんとうがしら》・作左衛門《さくざえもん》、六十二歳。暖簾分けした《向柳原店》の主・藤右衛門《とうえもん》、三十八歳」

藤右衛門は、と伝次郎が言い足した。殺された秀の息子だ。

「秀の姪・力、五十七歳。力が住んでいた《寿長屋《ことぶきながや》》の者ども。大工の正五郎《しょうごろう》、八十七歳。棒手振の末吉《すえきち》、八十一歳」

まだいるぞ、と言いながら伝次郎は、染葉の筆の進み具合を見て、続けた。

「医師の坂本天庵、七十一歳。《大和屋》の元奉公人にも訊いた。元番頭の伊左衛門《いざえもん》、八十四歳。元手代の甲兵衛《こうべえ》、七十三歳。男衆だった喜八《きはち》、七十五歳。女衆だった留《とめ》、五十二歳。そして、調べに入った、御用聞き・弁慶橋《べんけいばし》の吉次郎《きちじろう》、七十八歳。その手下の梅三《うめぞう》、六十歳。元定廻り同心の箕浦三郎兵衛《みのうらさぶろべえ》殿は存じておろう。八十二歳になられておる」

「まだ生きておったか」八十郎が、呟くように言った。

「こんなところかな」取り敢えず八十郎を無視して、伝次郎が言った。「言い訳がましいことを言うが、突然訪ねて、三十五年前のことを問い質したので、眉を顰《ひそ》められちまってな。思うように聞き出せなかった奴ばかりだ」

「そいつは仕方ねえさ。聞き込みとはそんなもんだ。だが、伝次郎を襲わせた奴がこの中にいるとすれば、そいつを見付けだせば、この一件は解ける、ってことだな」

「関わりのなさそうなのを、外して行くか」

「よし」染葉が、凝っと聞き耳を立てていた鍋寅らを近くに呼んだ。「皆も知恵を貸してくれ」

隼と半六が、嬉しそうに進み出て来た。

八十郎が、つまらなそうに通りに目を遣った。手先どもの知恵を借りることはあるまいに。横顔が、そう語っていた。

(何様だと思ってやがるんだ)

嚙《か》み付きたくなるのを堪えて、伝次郎は鍋寅に、もっと前に出るように言った。一緒に聞き回ったんだ。何か言いたいことがあるだろう。鍋寅が湯飲みを手にして、進み出て来た。隼が脇に付いた。

「では、僭越《せんえつ》ながら俺がひとりずつ断を下す」と染葉が言った。「異論があれば言ってくれ。今の《大和屋》主・宗右衛門。秀が殺された時、赤子だから、外すぜ」

「異論はない」伝次郎が答えた。鍋寅と半六が頷いた。

「隼もいいな」伝次郎が訊いた。

「よろしいでしょうか」隼が、伝次郎と染葉に訊いた。

「おう、言ってみな」染葉が促した。

「三十五年前は赤子でも、今は一番動ける者です。誰かに頼まれたとか、まだおれたちの知らないことを隠し通すために、手を打ったとも考えられやすんで、宗右衛門は外さない方がよろしいかと」

「よく気付いたな。こりゃ一本取られたぞ」染葉が隼に言った。「お前の言う通りだ。外すのはよしにしよう」

異論は出ず、宗右衛門と書かれた文字の上に丸印が付けられた。

「次は、御内儀の品だが、隼、どうだ？」

「こちらは、嫁いで来た者ですから、外しても構わないかと」

「亭主と組むってことは？」伝次郎が訊いた。

「ないと思います。宗右衛門に知られては困る秘密があったとしても、御内儀には隠すでしょう」

苦労して下働きから認められて《大和屋》の内儀となったのならいざ知らず、大店から嫁いで来た苦労知らずの嫁である。隼の言い分に分があった。

「俺もそう思うぜ」伝次郎の一言で、外すことになった。

「大御内儀の倫だが？」

「恐らく関わりはねえでござんしょうよ」鍋寅が言った。

「どうしてだ？」染葉が訊いた。

「大店の大御内儀と刺客。それも、与太者ではなく、二本差しでございやすよ。雇うにしても繋がりが見えねえですよ」

「今六十一歳ってことは、三十五年前は二十六歳だ。殺された秀は二十九歳で奥向きのことをしていた。それでもかい？」伝次郎が言った。

「その時、前の主は、何歳だったんでしょうか」半六が訊いた。

「先代は、その年の正月に三十八歳で亡くなっている」伝次郎が答えた。

「するってえと、十三も年の差があるんでございやすね」

「ありやがるな……」鍋寅が腕組みをした。

「大旦那と秀の間に何かがあり、それに怒った大御内儀が秀を殺した。それが露見しないように、と伜に頼んで侍を雇ったとも考えられやすね」半六が手を打ち合わせた。

「手を打っても、決まりじゃねえぞ。話が飛び過ぎだが、無くはねえ筋書だ。外せないということで、次に行くぞ」

「その前に、先代について話しておく。駆け付けた医者が診ている。当人は既に亡いが、後を継いだ伜に日録を確かめてもらった。特にこれということは書かれていなかった。先代の死におかしなところはなかった、と見ていいだろう。本当のところは分からねえがな」

「よし、次は番頭頭の作左衛門だ」

「当時からお店にいて、順調に出世をして来た《大和屋》の、言わば主《ぬし》だ。こいつは外せねえだろうな」

「どうして、暖簾分けをしてもらわなかったのでしょう？　秀の息子は、向柳原にお店を出させてもらっているのに」隼が、誰にともなく訊いた。

「他に暖簾分けはしてるんでやすか」鍋寅が伝次郎に訊いた。

「俺の知る限り、ねえようだな」

「では、何ゆえ秀の息子だけ許されたのか。何ゆえ、それを番頭頭は不満に思わぬのか、という問題が出て来るな」

「番頭頭は、鍵になるかもしれやせんね」隼が嬉しそうに言った。

「何か楽しそうじゃねえか」染葉が隼に訊いた。

「楽しいんでございやすよ」隼の目が輝いた。


それから一刻（約二時間）程して、話し合いは終わった。

何としても外せない者は、主の宗右衛門、大御内儀の倫、番頭頭の作左衛門の三人に絞られた。この中に、刺客を雇った者はいるのか。

秀が殺された場所を、染葉と八十郎と、話し合いの途中で駆け付けて来た稲荷橋の角次と手下らに見せてから、手分けして聞き回ることになった。昼日中から刺客も襲っては来ぬと踏み、三手に分かれた。

伝次郎と隼の組、八十郎と鍋寅と半六の組、そして染葉と角次らの組である。

「刺客なんぞを差し向けやがって。そっちがその気なら、こっちも荒療治でいくぜ」

隼を従えた伝次郎は小伝馬上町の《大和屋》に向かった。

「いらっしゃい……ませ」

暖簾を潜って入って来たのが伝次郎だと気付き、《大和屋》の小僧の語尾が震えた。

「不景気な声を出すねえ」伝次郎が通る声で言った。「大御内儀は、いなさるかい？」

「へえ……」

小僧が手代を見、手代が番頭を探している。

「どうなんでえ、はっきりしろい」

「手前どもには奥のことは……」

番頭のひとりが勇を鼓して言った。

「そうかい。では、分かる奴を出してくれ」

「母に何の御用でございましょうか」

店の者からの知らせが奥に届いたのだろう、当主の宗右衛門が姿を現した。

「御用の筋に決まっているだろうが」

「また、でございますか。もうお済みになられたのではございませんか」

「終わってねえから来ているんだ。上がらせてもらうぜ」

「母も身体が弱っておりますので、どのようなお話か、お教えいただけませんか」

「悪いが直《じか》に話してえんだ。一緒に聞きたいってのなら、構わねえよ」

「致し方ないようですね」

宗右衛門が先に立って、奥へと廊下を渡った。

伝次郎は、廊下に隼を残し、ひとりで座敷に入った。

どこにいたのか、番頭頭の作左衛門の耳にも知らせが届いたのだろう。座敷へと息を切らせて入って来ると、大御内儀と当代を庇《かば》うようにして伝次郎に訊いた。

「手前どもは、身内同然の者を殺されているのでございますよ。もう手前どもが存じていることはすべてお話しいたしました。なのに、何でお取り調べのようなことを受けなければならないのでございますか」

「まだ何も終わっちゃいねえからよ」

「手前どもは老舗の菓子舗。御三家様にも出入りを許されている格式ある店でございます。余り無体なことをされますと……」

「どうするってんだ？」

「作左衛門」と大御内儀の倫が細い声を出した。「旦那のお気の済むように調べていただきましょう。私どもには、何のやましいこともないのですから」

「承知いたしました」

作左衛門が、不承不承身を引いた。

「申し訳ございませんが」と宗右衛門が言った。「お店のこともございますし、御用件の方を……」

「心配するねえ。直ぐに済む」

伝次郎は、懐から折り畳んだ紙片を取り出すと、また懐に仕舞いながら言った。

「三十五年前の一件についての投げ文だ。中身を見せる訳にゃいかねえが、『お秀殺しは、物取りでもなければ、行きずりの者の仕業でもない。お秀の身辺を、よく調べ直してくれ』ということが書かれていた。今のところは、まだ俺の胸ひとつに収めているが、調べて少しでもおかしなところが出てくれば、大掛りに調べ直すつもりだ。だから、お前さんたちに、改めて言いに来たのよ。お秀に付き纏《まと》っていた男とか、恨みを抱いていた者がいなかったか、何度も訊かれてうんざりしているだろうが、何か思い出したら知らせてくれってな」

「心得ましてございます」

作左衛門は低頭すると、お秀は、と言った。

「気働きのあるよい女衆でございました。手前どもも一所懸命思い出しますので、一刻も早く捕えてくださいますようお願いを申し上げます」

「おう、任せてくれ。必ず、取っ捕まえてくれるわ」

伝次郎は自信たっぷりに言うと、立ち上がり、障子を横に引いた。

軒と塀の間に青空が広がっている。

「お秀を殺した奴は、三十五年もの間、この青空の下でのうのうとしてやがった。恐らく、この歳月の間に、多くのものを手に入れたに違えねえ。それらのものを全部吐き出させてやる。何、後僅かのことだ。人ひとり殺しておいて、お構いなしじゃ済まされねえから、安心しな」

行くぜ。伝次郎は隼に声を掛けると、案内も待たずに、足音高く廊下を歩き出した。

夕七ツ（午後四時）を四半刻（約三十分）程過ぎている。

伝次郎らが《寅屋》に戻ると、正次郎が少し胸を反らすようにして、壁際の腰掛けに座っていた。

剣を抱きながら腕組みをしているところなど、どこぞの剣客のようである。とても同心の卵風情には見えない。どうしたんだ？　尋ねようとして、一日で豹《ひょう》変《へん》した訳に思いが至った。

（しまった。褒め過ぎたか……）

正次郎には、刺客に傘を投げ付けた呼吸を褒めておいたのだが、伝次郎が驚いたのは土壇場で見せた正次郎の落ち着きだった。ココデ逃ゲタラ、小遣イガモラエマセヌ。それが本心なのか、冗談なのかは問い詰めていなかったが、

（ようもぬけぬけと言いおったものよ）

将来が楽しみだ、と正次郎が生まれてから初めて思ったのであった。

「お前が一番乗りか」

八十郎、染葉の順で戻って来たのは、それから小半刻（約一時間）後のことだった。

伝次郎は、皆が揃ったところで、それぞれが聞き出してきたことを話すように求めた。

「では、皆を待たせたので、私から話そう」

染葉は、《寿長屋》を訪れ、秀の姪の力と、大工の正五郎に棒手振の末吉から話を聞いていた。

「正五郎と末吉は、立ち寄る予定はなかったのだが、力の話を聞いているところへ押し掛けるように現れたので、食中りのことを詳しく訊いた。怪しいところは皆無で、力と同様、このふたりからも、何も新しい話は聞けなかった」

「医師の坂本天庵には？」

「会えた。流石お医者でな、よう覚えておいでだった」

秀は胸を一突きにされて殺されていた訳だが、それに関して、今にして思えば、と天庵先生が仰しゃっていた。ためらったような痕跡《あと》は微塵《みじん》もなく、殺そうと付け狙っていなければ、負わせることの出来ない類《たぐい》の傷であったそうだ。

「元男衆の喜八と元女衆の留にも会った」

喜八は、伝次郎が訪ねた後、石段から転げ落ち、腰っ骨を折ってしまい、床に伏せっていた。

「まだまだ頭はしっかりとしていて、三十五年前のこともはっきりと覚えていた。その頃、どうも大御内儀と先代の間には何か口に出来ねえようなことがあったらしく、それで騒ぎになったことがあったという話だ。この手の話は女衆が詳しいだろうから、と留にも訊いてみた。何が因《もと》であるのかは不明だが、大御内儀はよく泣いていたそうだ」

鍋寅が八十郎に促されて膝を進めた。

「次はあっしどもが聞いたことを申し上げます」

鍋寅らは、元番頭の伊左衛門、元手代の甲兵衛、そして御用聞きの弁慶橋の吉次郎と手下の梅三を訪ねていた。

「甲兵衛からは目新しい話は出てきませんでしたが、伊左衛門から、今染葉の旦那が仰しゃった騒ぎの一件が出てきました。前の旦那ってのは、しんねりむっつりといじめに掛かるところがあり、特に酒が入るとそうなるらしく、夜になると大御内儀に言い掛りを付け、随分と辛く当たっていた、という話でした」

そのようなことはお店の恥だからと、誰にも言わないできていたという話で、弁慶橋の吉次郎親分や梅三には、話したことはないそうです。裏を取りましたが、吉次郎親分も、梅三も、初耳だと言っておりやした。

鍋寅の話を受けて、伝次郎が後を継いだ。

「元定廻り同心の箕浦三郎兵衛殿を訪ねたが、そのような話は出なかった。ご存じなかったのだろう。俺は今、皆の話を聞いていて、ふと思い付いたのだが、秀が殺されたのが、三十五年前の三月。その年の正月に先代・宗右衛門が餅《もち》を咽喉に詰まらせて死に、前年の十月に当代の宗右衛門が生まれている。この辺り、何やらやけに込み入っちゃいねえか。これは勘だが、何かありそうな気がしねえか」

「と仰しゃいやすと？」鍋寅が食い付いた。

「誰か、腕のいい絵師を知らねえか。先代の宗右衛門の面を知っている奴がいいんだが」

「心当たりがございやす」と角次が言った。「諸井燕雀《もろいえんじやく》って老絵師でございますが、小伝馬上町の隣の亀井町《かめいちょう》に住んでおりますので、多分見覚えはあるかと存じやすが」

「そいつが見知っていたならば、先代の似顔絵を描いてもらってくれ。礼ははずむと言ってな」

そして伝次郎は、隼と訪ねた《大和屋》の者どもについて話した。

「あの連中に投げ文の件を話してやった。効き目はあったと思う。それもここ数日ではっきりするだろうがな。皆も、投げ文の件、話してくれたか」

「皆、一様に驚いておりやした」鍋寅が言った。「するってえと、またお調べが来ることになるのか。来るのはしょうがねえとして、奉行所に出向くことにはならないでしょうね、と心配しておりやした。投げ文が旦那の細工だなどと、言えなくなりやしたぜ」

　奉行所に出向く時は、呼び出された者がひとりで行くのでは済まされない。羽織袴の正装をして、家主に同道してもらわなければならなかった。

「家主への謝礼まで心配させて済まねえが、刺客を誘い出すためだ。我慢してもらおうか」伝次郎は、杯を口に運ぶ真似をして言った。「俺たちも我慢して飲みに行くか。油断しているように見せないといけねえからな」

「今日もですかい？」

「軍資金は豊かなのだ。ここは攻めの一手だぜ」

　伝次郎が懐を叩いた。

　揃って出掛けようとした時になって、鍋寅が待ったを掛けた。

「どうした？」伝次郎が訊いた。

「一ノ瀬の旦那でございやすが」

「俺が、何だ？」

「その身形《なり》でございやす」

焼けて色褪《あ》せた着物と袴が、不精髭《ぶしょうひげ》の浮いた痩身《そうしん》と釣り合っていたが、いかにも腕が立ちそうに見えた。

「そこでございます。旦那がいたのでは、誰も襲っては来やせん」

「成程」染葉が、八十郎をつくづくと眺めてから言った。「肩に触れただけで、木の葉が真っぷたつになりそうだな」

「そうかな……」

八十郎が、ふと満更でもなさそうな顔をした。見逃す伝次郎ではなかった。見付けた、と伝次郎は思った。ここだな、野獣郎の弱《よ》えところは。

伝次郎が心の中でにんまりとしている間に、鍋寅が隼を連れて《寅屋》を飛び出して行った。

鍋寅と隼は古着屋から股引《ももひき》と腹掛と半纏《はんてん》を仕入れて来ると、八十郎に着替えさせ、頭に手拭《てぬぐい》を被らせた。

「どうです？　どう見ても達人には見えねえでしょう」

「歩き方にも気を付けてくださいやし。背を丸めると、貧相に見えやすよ」隼が追い打ちを掛けた。

「………」

八十郎が、雨に打たれた小犬のようにみすぼらしげな顔をした。

三

その夜、刺客は現れなかった。

「まだ、強そうに見えるのかもしれやせんぜ」

言った半六が、八十郎にこっぴどく怒鳴り付けられた。半六も鍋寅も隼も、八十郎が怒鳴った訳が分からずに戸惑っていたが、伝次郎は教えようとはしなかった。

更に二日が過ぎた。

この間に、先代・宗右衛門の似顔絵が出来上がってきたが、伝次郎は深く頷いただけで、何も言わずに懐に収めた。

そして、三日目の夜となった。

月明かりが冴《さ》え冴《ざ》えと降り注ぎ、庇《ひさし》の影をくっきりと地面に描いている。伝次郎と正次郎は提灯を手に道の中程を歩き、八十郎は影の中を歩いた。

刻限は、既に夜四ツ（午後十時）を回っていた。町木戸は閉まり、通るには木戸番に声を掛けなければならない。

伝次郎らは、《時雨屋》を出ると、弾正橋《だんじようばし》を渡り、本八丁堀《ほんはつちようぼり》を東へと下った。

刺客を誘い出すべく人気《ひとけ》のない道を選んで夜歩きを続け、丸三日が経っていた。そろそろ動き出してもよい頃合だった。

どこか遠くで犬が吠《ほ》えた。猫が鼻先を通ったのだろう。

「おいっ」

と頰被りの下から八十郎が言った。

「後ろの方で、妙な気配がしたぜ」

「刺客でしょうか」正次郎が訊いた。

「足の忍ばせ方が堂に入ってるからな。そうだろうよ」

「次の角を、どうしましょうか」

組屋敷に戻るためには曲がらなければならなかった。尚も直進すれば、それだけ組屋敷が遠退くことになる。

「好きにしたらよいが、まあ曲がるとするか」

伝次郎は正次郎と並んで、鎧《よろい》の渡《わた》しへと抜ける大通りを北に折れた。

程無くして、伝次郎にも背後の気配が読めた。刺客どもが間合を詰めたのだろう。伝次郎は、八十郎との腕の差を、距離で知らされたような気がした。

間合が更に詰まった。足音が立った。八十郎が抱えていた包みを解き、中から太刀を引き抜くと、腰に差しながら振り向いた。八十郎の呼気に合わせて、伝次郎と正次郎も振り返って提灯を投げ捨てた。

黒い影が三つ。燃え上がる提灯の明かりの中を突進して来た。覆面で顔は見えない。

「正次郎、お前の出所《でどこ》はねえ。終わるまで隠れていろ」

「そうします」

正次郎が、小走りになって陰に入った。

「邪魔だ。どけ」

先頭の影が、八十郎に叫んだ。

「相手を見て、物を言え」

八十郎が右足を引きながら、切っ先を背後に回し、腰を落とした。最も得手とする脇構えだった。八十郎と影の間合が消え、影の太刀が鋭く斬り下ろされた。寸で躱《かわ》した八十郎の剣が、うなりを上げて斜め上方へと閃いた。次の瞬間、肘《ひじ》の下で断ち切られた影の右腕が宙に舞い、影がのたうち回った。

「こんな姿をさせられて、俺は機嫌が悪いんだ」

八十郎は影に言うと、残りの影の方へと小走りになった。

ふたつの影は大きく回り込んで、伝次郎を左右から挟んでいた。

伝次郎が左右の敵との間合を測っている。どちらかに打ち込もうとしているのは、明らかだった。しかし、一方に打ち込めば他方に背を見せることになる。

躱せるかな。

伝次郎の構えを見たが、心許無かった。

「どっちかひとり、俺にくれ」

八十郎が声を掛けた。

「お好きな方をどうぞ」伝次郎が足の指をにじりながら答えた。

「どっちの方が、腕が上か、分かるか」八十郎が訊いた。

どちらにしても己よりは上に見えたが、踏み込みの鋭さで、右側の影に分があった。

右側を肘で指した。

「こっちでしょう」

「おう、それくらいは分かるのだな」

八十郎が、右側の影を手招きした。

俺が相手だ、行くぜ。言った時には斬り込んでいた。

影は大きく飛び退くと、正眼から八相に構えを移した。覆面の下で息が微かに上がっている。

「いい腕をしてるが、稽古《けいこ》が足りねえな」八十郎が脇構えから、下段に構え直した。「下の者とばかり稽古をしているからだぜ」

伝次郎と向かい合っていた影が、伝次郎に打ち込むと見せて、八十郎に斬り掛かった。

八十郎が影の太刀を巻くようにして跳ね上げ、切っ先で影の腕と肩を抉《えぐ》った。その僅かな隙《すき》を衝《つ》いて、覆面が斬り掛かった。寸で躱し、打ち込んだが、引き足が早く、八十郎の剣は虚空に流れた。

「引け」

覆面は影に叫ぶと、腕を斬り落とされた影に駆け寄り、「済まぬな」と言って、無造作に太刀で胸を刺し貫いた。影が残った手で宙を摑み、息絶えた。

「覚えておれよ」

走り去ろうとする影に、八十郎が言った。

「俺はもう年だ。いつまでも覚えちゃいられねえよ」

「追わなくてもよいのですか」闇に紛れていた正次郎が、ひょっこり顔を現し、八十郎に訊いた。

「追うったって追い付けねえし、そんなことをしなくとも、あの者どもが誰かなんぞ、直ぐに割れるよ」

「分かるのですか」正次郎の目が、驚きに溢れている。

「大凡《おおよそ》は、な」

八十郎は倒れている影の袴で太刀を拭い、鞘に納めた。

明けて十九日。伝次郎は、絵師の諸井燕雀を八丁堀の玉洗寺《ぎょくせんじ》に呼び出し、置き去りにされた刺客の顔を描かせた。

「手間で済まねえが、同じものを三枚頼む」

燕雀の腕もよかったが、先代・宗右衛門を描かせた時の心付けが効いたのか、ふたつ返事で引き受けてくれるのも気持ちがよかった。

「《大和屋》の内情は知っているのかい？」描き終えた三枚の似顔絵を受け取りながら、燕雀に訊いた。

「さあ、深くは」

「そうかい。あそこの大御内儀と今の旦那、そして番頭頭だが、顔は知っているだろうな？」

「それは、存じております」

「小出しの注文で悪いが、それぞれの似顔絵を描いてくれねえか。それとな、六十くらいの町屋の男の顔をふたり分。誰でもいい。その辺に転がっている奴で構わねえからな」

「お急ぎで？」

「出来たら早い方がいいな」

「分かりました。ですが、大御内儀様だけは普段お見掛けしないので描く前に何か言い訳を作ってお店に行き、よくお顔を拝んで参りましょう」

「上手い手があるのかい？」

「取って置きのが、ございます」

「何でえ？」

「似顔絵の注文取り、というのはいかがです？」

「参ったぜ」

描き上がったら、神田鍋町の《寅屋》へ届けてくれるよう頼み、燕雀に心付けを渡して奉行所に向かった。染葉と八十郎が、定廻りの詰所で、市中の町道場が記されている絵図を見て、昨夜の刺客の塒《ねぐら》を調べているはずだった。

――あの構え、身の処し方は、方丈流《ほうじょうりゅう》の一派だ。江戸には、三つ、四つ道場があったはずだから、すべてに人を配しておけば、直に見付かるだろうよ。

伝次郎が奉行所に着いた時には、江戸の実測図である『江戸大絵図』の五カ所に一文銭が置かれていた。

「似顔絵は？」染葉が伝次郎に訊いた。

「ここにある」懐から出し、絵図の上に置いた。

「道場近くの居酒屋か飯屋で訊けば、どの道場に通っていたか分かるだろうよ。それで割れなくとも、見張っていれば、腕と肩を怪我した者が出入りするはずだ」八十郎が言った。「腕前からすると、そこの主か師範代が、刺客の頭だ」

「道場に通っていると、どうして言い切れるのですか」染葉が訊いた。

「ひとつは、太刀捌《さば》きだ。型を重んじる稽古で鍛え上げられていた。目が節穴でなければ、一度立ち合ってみれば直ぐに分かることだ。ところが、どこでどう道を踏み外したのか、仲間を平然と殺すなど、今は無頼の者顔負けの暮らしをしているようだ。そんな者どもが巣くっていられるのは、余り流行っていない道場しかあるまい」

「分かりました」

染葉は、道場がある五カ所の町名を懐紙に書き写した。

《寅屋》に持ち帰り、調べに走らせなければならない。

「邪魔をした。礼を申す」

伝次郎が、定廻り同心の筆頭である沢松甚兵衛に頭を下げた。沢松も、頭を下げて礼を返した。

詰所を出ようとした伝次郎を、年番方与力の百井亀右衛門が呼び止めた。

「いかがした？」

伝次郎が、調べもののため大絵図を見せてもらったことを話した。

「左様か」百井は、染葉の向こうに浪人風体の八十郎を認め、言葉をなくしていたが、思い直したのだろう、ちと話がある、と言った。「其の方だけ、儂の詰所に寄れぬか」

「構いませんよ」

伝次郎は後から行く旨をふたりに伝え、年番方の詰所の敷居を跨いだ。

「あれは、一ノ瀬であろう?」直ぐさま、百井が訊いた。「永尋に使うのか」

「まだ引き受けてはもらっておりませんが、お願いしております」

「しかし、一ノ瀬は奉行所を捨てた男だぞ。その者を使うとあっては、いかに御奉行と雖《いえど》も、納得されまい」

「戻るよう無理に頼んだのは私ですが、そもそも、永尋掛りに誰を選ぶか一任されているのは私ではないですか」

「それを承知で言うておるのだ。それにな、返上されたものとは言え、同心株を処分したのは、この儂だ。何のわだかまりもなくいられるものかどうか、そこのところをな、分かるであろう?」

「訊いておきますか」

「頼む。儂は、どうも、あの野獣郎は苦手でな。何を考えているのか、さっぱり分からぬ」

「私もです」

「其の方にも苦手な者がおったのか」百井の目が、妙に和んでいる。

「それはおります」

「信じられぬ話だな」

百井は、頬に笑みを刻み付けたまま、庭の詰所だが、と言った。

「誰か棟梁に、木材を吟味して御殿を作れ、と言うたらしくてな。困ったことだ。知らぬか」

「一向に」

「だからな、御殿はいらぬ。雨漏りがしなければよい、と言うておいた。それでよいな？」

「お任せいたします」

「そうか」

百井が機嫌よく、年番方の詰所から下がるように言った。

伝次郎は、《寅屋》に向かう前に、庭に回ってみた。棟梁の松五郎と由吉がいた。

「これは、旦那」

松五郎が膝に手を当てた。由吉は鉢巻きを取って、松五郎より深く腰を折った。

「見てやっておくんなさいやし」

手斧《ちょうな》を掛けていた大工の手を止めさせ、松五郎が平手で木材の土手っ腹をぴしゃぴしゃと叩いた。

「極上のを使ってやすから、ご安心ください。何、百井様からは雨漏りしなければ、なんぞと言われやしたが、旦那は由吉夫婦の大恩人でやすからね。御奉行様の御役屋敷より立派なものを建ててご覧に入れますぜ」

「済まねえな。だがよ、そこまでやると角が立たねえとも限らねえ。程々でよいぞ」

「旦那、中途半端はいけねえ。御殿かあばら屋か、ふたつにひとつでやすよ」

「ならば御殿だ」

「そう来なくちゃ旦那じゃねえや」

《寅屋》に着くと、隼と八十郎が待っていた。他の者は、刺客の似顔絵を持ち、調べに回っていた。

「待たせちまったな」隼に言った。

「行きましょうか」八十郎に言った。

「何か言われたのであろう」と八十郎が言った。「俺のことで」

一ノ瀬さんの同心株を処分したことを気にしておりました、と伝次郎は話の殆どを割愛して話した。

「肝の小さな男だな。面倒を押し付けたのは俺だ。そろそろ謝りに行かねばならぬな」独り言のように言いながら、刀を腰に差した。「どうした、出掛けぬのか。この一件を片付けるのが先であろう」

伝次郎らが受け持った道場は、両国広小路に程近い薬研堀《やげんぼり》にあった。上月一心斎《こうづきいっしんさい》が興した方丈流の流れを汲む佐々間《さ さ ま》方丈流の道場で、門弟の数は約五十名。大身旗本家の庇護《ひご》で成り立っている道場だった。

「俺が見張っているから、聞き回って来てもよいぞ」

八十郎を残し、伝次郎と隼は自身番から調べを始めた。

道場の評判は、すこぶるよかった。乱れず、騒がず、何よりも礼儀正しく、門弟たちが道場前の通りを掃き清めるのも、町屋の者にとっては嬉しいことだった。似顔絵の侍に心当たりのある者は、いなかった。

近くの居酒屋や飯屋にも尋ねたが、やはり似顔絵の侍らしい者には覚えがなかった。

「佐々間方丈流、心に刻んだわ。我が道場も、斯《か》くありたいものよ」

「留守にしていると、ご心配でしょう?」

先輩である。伝次郎は使い慣れぬべんちゃらを口にした。

「いや、人を置いて、代稽古をさせておるから、それはない」

「左様ですか」

「留守も出来ぬような、鍛え方はしておらぬ」

「成程……」

それ以上思い浮かぶ言葉がなかった。黙って歩き、《寅屋》に戻った。

染葉の組が先に戻っていた。二カ所を調べたが、ともにそれらしいところはなかった。

最後に残った鍋寅の組の知らせを待った。

吉報がもたらされたのは、半刻（約一時間）後のことだった。《寅屋》に走り込んで来た半六の顔を見た瞬間、そこにいた誰もが吉報を確信した。喜びに、顔が崩れていたのだ。

「見付けやした」半六は、それだけ言うと、鍋寅を待った。

「どっちだった？」染葉が訊いた。

「親分がお話しいたしやすので、お待ちくださいい」

「どっちかくらいはよいであろう」

て来た。

隼が《寅屋》を飛び出した。出ると間もなく、鍋寅の背を押すようにして戻って来た。

「見て来やす」

「親分が……」

水を一杯飲んでから鍋寅が、見付けた経緯《いきさつ》を話した。

道場は、徳川将軍家の菩提寺《ぼだいじ》である増上寺《ぞうじようじ》と金杉川を挟んだ向かいの芝新網《しばしんあみ》町代地《ちようだいち》にあった。

「三田《みた》新網だな」染葉が訊いた。土地の者も古くからの者は、そのように呼んでいた。

「左様で」鍋寅は頷くと、続けた。「道場主は、原野《はらの》谷玄三郎《やげんざぶろう》。馬淵《まぶち》方丈流を名乗っておりやす。近間の医師を調べましたが、金瘡《きんそう》の手当をした者はおりやせんでした。しかし、最寄りの居酒屋の主が、似顔絵の侍に見覚えがございやした。名は、勝亦兵輔《かつまたひようすけ》。勝亦といつもつるんでいるのが、茂津目尚太郎《もづめしようたろう》。このふたりは六、七年前から道場に居付いているのだそうです」

「悪《わる》は悪なりに居心地のよいところを嗅ぎ付けるのだな」染葉が言った。

「居酒屋の主が言うには、いつもは毎日のように現れるのに、昨夜から見掛けていない、とのことでございやす」

「間違いねえな」伝次郎が言った。「そいつらだ」

「捕まえて締め上げれば、頼み人が誰だか吐くだろう」染葉が言った。「楽しみだな」

「見張り所になりそうな家も見付けて参りやした。以前は小間物屋を開いていたそうなのですが、寄る年波でお店を畳んだという話でございやした」

「二階屋か」

「抜かりはござんせん」

「えらく手回しがいいじゃねえか」伝次郎が言った。

「その小間物屋だが」八十郎が訊いた。「幾つなんだ？」

「七十六と聞いておりやすが、それが何か」

「いや、それならいい」八十郎が言った。「引く頃合だ」

「まあ、許してやるか。俺たちよりゃ、年寄りだ」染葉が続いた。

「仕方ねえな」伝次郎も加わった。

四

四月二十日。明け六ツ(午前六時)。

前夜から見張り所に泊まり込んでいた伝次郎と半六と正次郎の許へ、隼が朝餉《あさ》を運んで来た。この日正次郎は、三日毎《ごと》に回って来る非番の日であった。ために昨夜から駆り出されていたのである。

半六は見張りの番を終え、伝次郎は正次郎に勧められて眠っており、正次郎がひとり起きて見張っていた。三人で見張る時は、眠る刻限を調節し、絶えずふたりの者が起きているようにするのが常だったが、伝次郎にはまだ何も起こるまいという思いがあり、正次郎の勧めに従ったのだった。

——私が見張っておりますので。

そうは言ってみたものの、隼が来るまでは眠たげにしていた正次郎であった。しかし、今は精悍《せいかん》な目をして向かいの道場の表門を見詰めている。

「おはようございます」隼が小声で言った。

「おはよう」正次郎も小声で返した。

「お茶です。熱いですから」

煮立った湯で茶を淹れる。湯飲みも熱くて持てず、茶托《ちゃたく》を持って飲む。大量に湯茶を飲まないようにする捕方の知恵だった。

「ありがとう。嬉しいな」

隼の口許から白い歯が覗いた。初めて見る己に向けられた笑顔だった。

「動きは？」隼が訊いた。

「まだ何も」

「正次郎様の受け持ちは、いつまでなのですか」

明け六ツまでだったが、伝次郎の分も起きていなければならず、そうすると朝五ツ（午前八時）までだった。途中の六ツ半（午前七時）には、半六を起こすことになっていた。

「正次郎様がうらやましい……」

隼が、自身も茶托を手にしながら言った。

「どうして？」

「おれも男に生まれたかった。男なら、もっと自信が持てると思う……」

今は自信がないのかと訊きたかったが、何か訊くのが憚《はばか》られ、正次郎は口を閉ざした。

「いくら頑張っても、力じゃ男に勝てないし、親分だってひとりで夜通し見張ることは許しちゃくれないし……」

「いいじゃないか、それで」

「何が、いいのさ?」隼が小声で食って掛かった。

「男と女は違うんだ。男には出来ないが、女には出来ることだってあるはずだ。例えば、お店で殺しがあったとする。若い女子衆に尋ねる場合、私の父や祖父が鬼瓦《おにがわら》のような顔をして訊くより、隼さんが訊いた方が心を開くとは思わないか」

隼が小さく頷いた。

「だろ、己を貶《おとし》めるより、己の持っている力をどのように使うか。それを考えた方がよいぞ」

「正次郎様は、いつもそのような考え方をされるのですか」

「いや、今言ったことは、母に言われたことをちょいと変えただけなのだ。夜になると刺客が現れるかもしれぬから怖い、と言って、家を出るのを渋った時にな」

「怖かったのですか」

「そりゃ怖いだろうが。躱し損なったら、斬られて死ぬのだぞ」

「何だ。感心して損しました」

「ひどいな。言わせておいて」

隼がくすくすと笑った。その声を正次郎は可愛い、と思った。その思いは伝えておくべきだ、と意を決した。可愛……、と言い掛けて、正次郎は言葉を呑み込んだ。

ふたつに折った敷布団に包《くる》まって寝ていた伝次郎が、不意に起き上がったのだ。

「何をくちゃくちゃしゃべっている？　真剣に見張らんか」

「隼さんが朝飯を届けてくれたのです」

「おっ、そんな刻限か」伝次郎は立ち上がると、窓辺に寄り、道場の表門を見下ろした。

何の動きもなかったことを伝えた。

「では、もらおうか」

「寝起きで食べられますか」隼が訊いた。

「この稼業はな、いつでも食え、どこでも寝られ、誰でも使えなければ駄目なんだ。覚えとけ」

「はい」

隼がふっ切れたような声で答え、包みを開いた。握り飯と古漬けに、焼いた丸干しだけだったが、すきっ腹にはご馳走だった。

そのまま何事もなく二日が過ぎた。

染葉が、《寅屋》に届けられたからと、絵師・諸井燕雀に頼んでおいた似顔絵を見張り所まで持って来てくれた。角次とふたりの手下も一緒だった。

「済まんな」伝次郎は礼を言ってから、皆に声を掛けた。「丁度いい。見てもらいたいものがあるのだ」

燕雀に描かせた似顔絵を横一列に並べた。

「こいつどもが、どこの誰だかは言わねえ。皆に当ててもらいたいのは」

と言って、一枚の似顔絵を指さした。年の頃は三十代の半ば頃の男が描かれていた。

「この男の男親だ。この中にいるから、当ててみてくれ。ちなみに、女親はこれだ」

別の一枚を取り上げ、男の横に置いた。《大和屋》の大御内儀の似顔絵だった。

鍋寅と隼に半六を外し、染葉と八十郎と正次郎、それに角次と手下ふたりが似顔絵を見比べている。

「もういいか」伝次郎が訊いた。

染葉が頷いた。

「よし、一、二の三で、これと思った似顔絵を指さしてくれ。行くぞ。一、二の三」

六本の指のうち五本が番頭頭の作左衛門に向けられた。残る一本は燕雀の贔屓《ひいき》筋《すじ》の男の似顔絵だった。つまり、殆どの者が先代の宗右衛門よりも、番頭頭に血縁のにおいを感じ取ったのである。似顔絵の正体を明かした。

「どういうことなんでございやすか」鍋寅が割り込んできて訊いた。

「見ての通り、当代・宗右衛門の実の親は、番頭頭の作左衛門だってことだ」

「いくら何でも、似てるからと言って、そりゃ無茶だろう」染葉が唸った。

「そうだ。何の証《あかし》もありゃしねえしな」伝次郎は続けた。「だがな、ある筋道は立てられる。当代の父親が作左衛門だとすると、それに気付いた先代を殺し、更にその事実を知ってしまった秀を殺したということで話は繋がる。秀は奥向きの仕事をしていたからな、何かの拍子に、見るか聞くか、しちまったのかもしれねえ」

「でも旦那は、先代の死にはおかしなところはなかった、って仰しゃってましたぜ」

「そこなんだ。正直、先代を殺したのか殺してねえのか分からねえが、たとえ殺していたとしても、医者は死んじまっているし、《大和屋》の連中は吐かねえだろうし、今のところは辿りようがねえんだ」

「おれは、旦那の筋道は正しいと思いやす。秀の息子だけ暖簾分けを許したのも、納得出来るからです」隼が勢い込んだ。

「そうは言いましても、三十五年前のことです。証がありやせん」角次が、染葉の顔を見ながら言った。

「だからこその奴どもなのよ」と伝次郎が、障子越しに道場の方に目を遣った。

「分からねえのをほじくるより、分かっているのをほじくれば、いいんだ。どうして俺を殺そうとしたのか。誰に頼まれたのか。頼み人は九分九厘作左衛門だろうが、道場の連中と頼み人が会ったところで双方を捕えるか、道場の連中を捕え、頼み人が誰か、を問い質《ただ》すのよ。そうすれば、すべてが明るみに出るはずだ」

「旦那、《大和屋》の方は見張らなくともよろしいんで」半六が訊いた。

「あっちは放っとくんだ。十分脅かしてあるから、ぴりぴりしているだろうしな」

「それにしても動きやせんね」半六が溜息を吐いた。

「仕方ねえ、揺さぶるしかあんめえ。もう一発咬《か》ますか」

伝次郎は、見張り所に残った染葉と八十郎に正次郎を預け、鍋寅と半六と隼を連れ、《大和屋》へ向かった。

角次らは、別の調べがあるからと、赤羽橋《あかばねばし》を渡ったところで別れた。

《大和屋》は、四月の初めから売り出した牡丹を象《かたど》った季節の菓子が評判を呼び、客で賑わっていた。

伝次郎は暖簾を掻き分けると、手代に番頭を呼ぶように言い付けた。

「少しお待ちいただけますか、直ぐに呼んで参ります」

手代が奥に駆け込んだ。

待つ間もなく作左衛門が現れた。

「何かおかしなところでも出て来ましたでしょうか」

「よく言った。出て来たぜ」

「どのようなことで、ございましょう？」

伝次郎は、作左衛門の顔を凝っと見てから、忘れた、と言った。

「お前さんに訊こうと思って来たんだが、度忘れしちまった。出直すわ」

「何度でも、どうぞ」

作左衛門がほっと息を吐いた瞬間を狙って、伝次郎が言った。

「それより、入って来た時驚いたんだが、お前と当代はよく似ているな。親子と間違えそうになっちまったぜ」

「ご冗談を」作左衛門の顔から血の気が引いた。

「言われねえか、よく」

作左衛門が、強《こわ》ばった頬で笑い飛ばそうとした。

「旦那もお人が悪い。そのような根も葉もないことを言われては困りますよ」

「済まねえ、済まねえ。思い出したら、また来るわ」

伝次郎は作左衛門を睨み付けるようにしてから、くるりと踵《きびす》を返して、お店を出た。

鍋寅と半六が駆け寄って来た。

「手応えは、ございやしたか」

待ち切れないのか、半六が蹴つまずきながら訊いた。

「慌てるねえ。あったに決まってるだろうが、ねえ旦那?」

鍋寅が、細い目を大きく開いて伝次郎を見た。

五

その翌日――。

障子窓の隙間から道場の表門を見張っていた隼が、畳をそっと叩いた。

伝次郎が素早く窓辺に寄り、門前を見下ろした。

ひとりは、身体付きや身に着けているものからして、道場主の原野谷玄三郎と思われた。もうひとりは、六日前に襲って来た侍に似ていた。

「あれが茂津目尚太郎でしょうか」隼が訊いた。

「恐らくな」

原野谷と茂津目は、懐手をすると北に向かって歩き始めた。赤羽橋を渡れば増上寺に出る。

「尾けるぞ」

見張り所を出ると、そのまま後ろに付くのではなく、ひとつ脇の道を使うように伝次郎が言った。

「念を入れねえとな」

原野谷らは、赤羽橋を渡らず金杉川に沿って東に下ると、将監橋《しょうげんばし》を通って北に進んだ。

「どこまで行くのでしょうか」

「料亭か、作左衛門の妾か何かの家だろうが、話の中身が中身だけに、料亭の離れといったところだろうよ」

原野谷と茂津目は、門前町にある料亭《久方屋《ひさかたや》》の前で立ち止まると、凝っと背後を見据えてから、檜皮葺門《ひわだぶきもん》を潜った。

「ここは拙《まず》いな」伝次郎が呟いた。

「畜生めが」鍋寅が地団太を踏んだ。

「帳場の者に訊けないんでやすか」隼が訊いた。

「ここは、御城の御偉方や御大名家も使うので、町方がどんなに頭を下げても、座敷でのことは何も教えちゃくれねえんだ」と半六が、隼に教えた。

「どうしましょう?」隼が尋ねようとした時、町駕籠が《久方屋》の前で止まった。

咄嗟に物陰に隠れた伝次郎らは、駕籠から降りた者を見て眉を上げた。

番頭頭の作左衛門だった。

「旦那、庭に忍び込んで見る訳にはいかねえんで？」隼が焦れた。

「残念だが、出来ねえ」

《久方屋》は、窓の外に目隠し用の垣を巡らせるなど、簡単には様子を窺《うかが》えぬ造りになっていた。しかも、幾つかある離れは、入り組んだ配置にしてあり、覗かれぬよう周囲に高い塀を立て、見回りまで置いているのである。

「下手に騒がれては、尾けたのがばれてしまうのでな」

「それでは、ここで会っていたという証は得られねえんで？」

「心配《しんぺえ》するな。何とかする」

半刻（約一時間）程して、作左衛門が女将と仲居に見送られ姿を現した。何を話しているのか、女将と密やかに笑い合うと、呼んでおいたのだろう、するすると寄って来た駕籠に乗り、帰って行った。

「尾けやすか」半六が訊いた。

「要らねえ。それより、あの仲居の顔を覚えておけ」

「へい」半六と隼が目を凝らした。

それから半刻の後、原野谷と茂津目が酔いに足を取られながら、《久方屋》から出て来た。仲居に見送られていたが、女将の姿はなかった。茂津目が仲居の手を握ろうとして、上手く躱されていた。

「今夜、あの仲居を尾けるぞ」

「承知いたしやした」鍋寅が答えた。

仲居が地味な着物に着替え、料亭を出たのは、夜四ツ（午後十時）を回った頃だった。

明けて四月二十五日。朝五ツ（午前八時）。

芝口南は源助町にある《甚兵衛長屋》を鍋寅と隼が訪ね、奥から三軒目の借店の戸を叩いた。

「おはようございます。《久方屋》からの使いでございます」

隼の声に安心し、仲居が戸を開けたところで、鍋寅が隼と入れ替わった。

「御用の筋だ。自身番まで来てくれねえか。何、お前さんをお縄にしようなどと思っちゃいねえ。ちいと訊きたいことがあるだけだ」

震え上がっている仲居を自身番に連れ出すのは造作もなかった。待ち構えていた伝次郎が昨夜の客について尋ねると、直ぐに吐いた。

作左衛門は原野谷らと離れで会っていた。

しかし、話を聞かれないよう用心したのだろう。座敷に出入りをしていた仲居にしても、何を話していたかは知らなかった。

「ありがとよ。これは、少ねえが礼だ」

心付けを渡し、このことは誰にも話すな、と釘《くぎ》を刺した。万が一にも、《大和屋》の番頭か侍どもの耳に入れたと分かった時は、御白州に出てもらうことになるからな。脅しを掛けることも忘れなかった。

「よし、これで裏は取れた。道場を襲うぞ」

「殴り込みでやすね」鍋寅が、嬉しそうに袖を捲《まく》った。

四ツ半（午前十一時）。

八十郎が見張り所に上がって来た。集まっている顔触れを見回すと、座敷の隅に座った。

隼の淹れた茶を一口啜っているところに、鍋寅が来た。

鍋寅は、八十郎に目礼をすると、そのまま窓際まで進み、

「間違いなく、原野谷玄三郎と茂津目尚太郎は道場におりやす」と伝次郎に告げた。

「門弟などは、おらぬのか」染葉が訊いた。

「浪人と思しき風体のが、四人程いるようでございやす」

「半六は、残して来たのか」

「下で見張っておりやす」

階下の隅に潜み、向かいの門奥を窺っているのだろう。

「どうでしょう。斬らずに捕えられますか」染葉が八十郎に尋ねた。

「六人に、束になって掛かって来られたら」八十郎が答えた。「峰打ちでは、かったるいかもしれぬな」

無頼に生きる者に、峰打ちは効かなかった。斬られても死なぬと気付いた瞬間、相打ちに出ようとするからだ。骨を砕かれても、斬れば勝てる。勝ちさえすれば、腕を折られようが、足を折られようが、這ってでも逃げる。生き残ることが無頼に生きる者のすべてだった。

「他の者どもは、こっちに引き付けておきますので、一ノ瀬さんは道場主の原野谷玄三郎を倒すことだけに専心してください」伝次郎が言った。

「とにかく、斬り殺さねばよいのだな？」

「口が利ければ御の字です」

「やってみよう」

「染葉と俺は、茂津目尚太郎と浪人どもの相手をする。角次と鍋寅たちは倒した奴をふん縛ってくれ」

「承知いたしやした」角次がふたりの手下をぐいと睨んだ。手下らが、首を突き出すようにして頷いた。

伝次郎を先頭に、そろりと一列になって階下に降りた。

半六が、僅かに頭を下げた。

「これを使いな」

伝次郎は背帯から十手を引き抜くと半六に渡し、脇差《わきざし》を鞘ごと隼に手渡した。

「そのうちに皆のもらってやるからよ。それで我慢してくれな。隼は鍋寅が張り切り過ぎねえように、よく見張ってくれよ」

「冗談じゃねえ。年寄り扱いなんぞされたかねえやい」

「親分は俺のとっつぁんのようなもんなんだ。長生きしてほしいのよ」

「何言ってるんでえ。六十八にとっつぁん呼ばわりされる程年取っちゃいねえやい」

「尤《もつと》もだ。口が過ぎた」

「何、分かってくれれば、いいんですがね」

隼が鍋寅の袖を引いている。

伝次郎は通りに出ると、向かいの道場の門前に立った。

八十郎が、染葉が、鍋寅が、角次らが、後ろに付いた。

「相手は道場にいる。雪駄や草鞋は滑るから脱げ」

八十郎の声に、それぞれが裸足になり、履物を背帯に挟んだ。

「堪らねえな。わくわくするぜ」

伝次郎は刀の鯉口を切ると、皆に目で、行くぞ、と合図をし、門内に駆け込んだ。

砂利が跳ねた。構わずに玄関に飛び込み、衝立《ついたて》を蹴飛ばし、襖を押し開け、板廊下を駆けた。

「何だ、騒々しいぞ」

のっそりと顔を出した浪人者の顎を拳骨《げんこつ》で殴り飛ばし、伝次郎が道場に踏み込んだ。

　五人の侍が車座になって、酒を呷《あお》っていた。ふたりは腰を据えたまま、他の三人は立て膝を突いている。立て膝を突いているのは浪人どもで、原野谷玄三郎と茂津目尚太郎は、まだ酒を口に運ぼうとしていた。肝の太さが並ではない。それだけ長く悪党稼業にどっぷり浸ってきたのだろう。

「いいご身分だな。手付けの半金がまだ残っていやがるのか」

「よくここが分かったな」ちらと気絶している浪人に目を遣ってから、原野谷が押し殺した声で言った。

「其の方の太刀捌きから、方丈流のにおいがしたからだ」八十郎が言った。

「そうか。勝亦の腕を斬り落とした奴か。相当な腕であったな。この俺ですら、いつもなら太刀筋を変えるのだが、その余裕がない程だったからな」

　原野谷は、四囲の者に退くように言うと、杯を板床に置き、膝を揃えた。

「我が流派は、馬淵方丈流と申してな、方丈流を極めた馬淵要斎《ようさい》が興したものだ。俺にも、懸命に修行した時があった。その甲斐あってか、流派の代を継いだ。俺の来し方を思い浮かべるに、その頃が絶頂であった。まさか、金のために人を襲うようになろうとは、夢にも思わなんだ……」

「…………」八十郎は、間合を保ったまま原野谷が再び口を開くのを待った。

「こんな俺だが、流派の跡目としての意地がある。立ち合うてくれるか」

「いいだろう」

「俺が勝ったら、人死にの山を築いても逃げて見せるわ」

「勝てたらな」

「ほざけ」

「俺の名は一ノ瀬八十郎。冥土の土産に聞いておけ」

八十郎が間合を計りながら、詰めに掛かった。足指からにじり寄っている。原野谷は、揃えた膝をぴくりともさせずに、凝っとしている。ともに剣は鞘に納めたままである。どちらかが抜き、斬り掛かった時が、生死を分ける一瞬であることは、その場の誰にも見て取れた。

動けなかった。誰も、咳《しわぶ》きひとつせず、ふたりが抜き払う瞬間を見定めようと、身を固めている。

「破っ」

八十郎が気合とともに大きく踏み出した。その動きに合わせて、片膝を立てながら原野谷の手が刀の柄に飛んだ。原野谷の一刀が草を薙《な》ぐように閃き走った。

しかし、その場に八十郎はいなかった。踏み込んだ時には、八十郎の身体は宙に浮いていた。

思わず振り仰いだ原野谷の肩口に、八十郎の剣が打ち下ろされた。肩口が裂け、血が噴き出し、原野谷の膝許に溜まっている。血は流れ行く方向を探るように数瞬留まっていたが、やがて膝許から這い出した。その行く手を阻むように、原野谷が前のめりに倒れ込んだ。

「済まねえ。殺しちゃいねえが、深く斬り過ぎたかもしれぬ」

「いやあ、血の気が抜けて、丁度よいでしょう。しかし、凄い腕だ。改めて驚きました」

伝次郎は首を振ってから、茂津目尚太郎を見詰めた。

「てめえも、大切な証人《あかしびと》だ。引っ捕えてやるから、待ってろ」

「斬れ」

茂津目が浪人どもに叫んだ。逃げ出そうとしたひとりが、染葉の十手を肩と腹に受け、お縄を受けている。

残ったふたりの浪人が、刀を振りかぶって伝次郎に向かって来た。

「助勢するか」八十郎が言った。

「冗談じゃねえ」伝次郎が答えた。「俺だって据え物斬りではちょいと鳴らした二ツ森伝次郎だ。しこたま強いのには負けるかもしれねえが、程々強いのには負けたことはねえんだ。ここは気張らせてもらいますぜ」

狼ニナロウトハ思ウナ。百井亀右衛門の声が耳朶《じだ》に甦ったが無視した。

（遅えよ。もう狼になっちまってるよ）

打ち込んで来た浪人者のひとりは袈裟に、もうひとりは胴を真っぷたつに斬り裂いた。

血潮が噴き出し、泡を浮かべながら板床に広がった。

（こうでなくちゃいけねえ。悪党の血は流して清めるしかねえんだ）

「伝次郎」

染葉が大声を張り上げた。そこまでだ。もう止めろ。

茂津目尚太郎が、刀を捨て、すがるような目をして染葉を見上げた。

「てめえには、話してもらうことがある」

染葉が、茂津目の腕を捲った。腕と肩に晒《さら》しが巻かれていた。

「誰に頼まれて、伝次郎を襲った？」

「知らぬ」

「すべて分かっているんだ。ただてめえの口から聞きたいだけなんだ。どうだ、話しちゃくれねえか」

「知らぬものは知らぬ。俺は、そこにいる原野谷に頼まれただけだ」

「往生際の悪い野郎だな。昨日、てめえどもが《久方屋》で《大和屋》の番頭頭の作左衛門と会っていたこともお調べが付いているんだぜ」

「ならば訊くな」

「てめえ、何か勘違いしてねえか」染葉が、茂津目に顔をぐいと近付けて言った。「ただ同心を襲っただけの罪で逃れようなどと思っていたら、大間違いだぜ。あの番頭頭は、《大和屋》の前の主を殺しているんだ」

おっ、と呟いて、伝次郎が思わず染葉を見た。

「主殺しは市中引廻《ひきまわし》の上磔《はりつけ》だ。それに加担したとなれば、厳しい御詮議《ごせんぎ》は免れねえぜ。それが嫌なら吐いちまえ。てめえのような浪人崩れの一匹や二匹、生かすも殺すもこっちの勝手なんだ」

「止めろ、止めろ。何も無理に、そいつに訊くこたぁねえ」伝次郎は懐紙で血糊を拭き取ると、染葉に調子を合わせた。「原野谷の手当をして、気が付いたら、奴さんに話させればいいし、話せなかったら、そいつに何も彼《か》も背負わせればいいじゃねえか」

「そうだな。そうするか」染葉が角次に、茂津目を縛るように命じた。

角次が手下を率いて、茂津目を取り巻いた。

「待て。待ってくれ」茂津目が叫んだ。「殺してくれ、と頼まれただけなんだ」

「誰にだ？」伝次郎が訊いた。

「作左衛門だ」

「嘘じゃねえな。一字一句書き留めるから爪印を捺《お》すだろうな？」

「捺す。捺すし、知っていることは何でも話す」

「何でえ。素直な口も利けるじゃねえか」伝次郎が言った。

六

四月二十五日。八ツ半（午後三時）。

二ツ森伝次郎は、小伝馬上町の通りに立ち、《大和屋》を見据えていた。

風雪に晒された暖簾の文字が、味のある古びを醸し出している。

看板を見上げた。

黒漆《くろうるし》に金泥で菓子舗《大和屋》と書かれている。金泥が、ところどころはげ落ちているのも、享保十一年（一七二六）創業の老舗の風格であった。

そのお店から縄付きが出る。しかも咎人《とがにん》は、番頭の頭である。《大和屋》は、七十九年掲げて来た暖簾を下ろすことになるかもしれなかった。

しかし、それは伝次郎らの与《あずか》り知らぬことだった。

殺すには殺すだけの、拠《よんどころな》無い事情があったのだろうが、それで殺しが許されるものではない。

罪を犯せば罰せられる。この決まりがあるからこそ、健気に生きている者は大手を振ってお天道様の下を歩けるのだ。

鍋寅が、細い身体を左右に振りながら、半六とともに通りの向こうから駆け戻って来た。

「野郎、帳場におりやすです」

それだけを伝次郎の耳許で囁《ささや》くと、するっと背後に回り、隼と並んだ。

行こうか。

伝次郎が通りに足を踏み出した。

天秤《てんびん》を担いだ苗売りが、目の前を通り過ぎた。朝顔の苗、糸瓜《へちま》の苗、胡瓜《きゅうり》の苗に茄子《なすび》の苗。苗を入れた籠が揺れている。

油売りがいる。どこかに鰻《うなぎ》の蒲焼《かばや》き売りがいるのか、煙が漂って来る。町駕籠が行き、巡礼が行き、弁当を持った行楽の者どもが行く。笑い声もすれば、幼い子供の泣き声も聞こえてくる。

「ご苦労様でございます」伝次郎に気付き、頭を下げて行く者もいれば、横を向いて通り過ぎる者もいる。

《大和屋》の小僧が、通りに水を打っている。水が、小さな粒になって宙を漂い、ぽたぽたと落ちていく。それが面白いのか、高く、広く、水を撒いている。水の粒の向こうに伝次郎を見付けた小僧が、お店に駆け込んだ。

どうやら疫病神のように思われているらしい。

それはそれで居心地のよい反応《こと》だった。

伝次郎は、暖簾を掻《か》い潜《くぐ》ると、

「また来たぜ」

帳場に座っている作左衛門に声を掛けた。

「今日は、ちょいと話があるんだ。上げてもらえるかな」

「畏《かしこ》まりました。ここを頼みますよ」

作左衛門は、側にいた番頭に帳場を譲ると、土間に降りて草履を履き、先に立

って奥へ向かった。内暖簾を潜り、中土間を抜け、女中に、

「お茶を」

と言って、伝次郎と鍋寅らを振り返った。

「四つ、持って来ておくれ」

作左衛門に通された座敷は、前にも使ったところだった。

商いの話をするには暗く、お店の者が交互に休むための部屋にしては、手狭だった。

「ここは、何に使うんだ？」

伝次郎が訊いた。

「身内の者が訪ねて来た時などに使っておりますが」

「俺たちゃ身内扱いかい？」

作左衛門は、気丈に笑って見せたが、頬が強ばっていた。

茶が来た。女中が丁寧に頭を下げた。

「ありがとう」

作左衛門が、礼を言った。伝次郎は懐手をしたまま、作左衛門を見詰めた。

茶托が鳴った。女の手が微かに震えている。

女中が再び丁寧に頭を下げて、座敷を出た。

女の足音が遠ざかるのを待って、伝次郎が口を開いた。

「原野谷玄三郎が、吐いた」

「…………」

作左衛門は目を閉じ、唇を固く結んでいる。

「何ゆえ俺を襲ったのか、その訳をじっくり聞かせてもらおうか」

三十六年前の十月に当代が生まれた。その三月後の正月に先代が死に、三月には秀が殺された。

「この繋がりを、大御内儀も呼び出して、話してくれねえか」

「大御内儀様は、何もご存じではありません」

「当代の生みの母であり、先代亡き後はてめえどもと老舗の暖簾を守って来たお人だ。何か知っているだろう。半六、首っ玉摑まえて、引き摺《ず》って来い」

半六が、膝を突いて立ち上がろうとした。

「お待ちください。それだけは、ご勘弁ください。大御内儀様は心の臓が弱くて……」作左衛門が首を激しく横に振った。

「聞いてねえな、そんな話は」

「本当でございます」

「秀の息子に暖簾分けさせたのは、せめてもの罪滅ぼしじゃねえのかい？　そんなことを決められるのは大御内儀しかいねえじゃねえか。それともてめえか、当代か」

作左衛門が、顔を上げ、身を乗り出した。

「手前の一存でやったことでございます」

「何をだ？」

「…………」

「暖簾分けしたのは、手前の一存でしたなどと言って通ると思うなよ」

「手前が、先代様と秀を殺したのです。先代様は、それはひどいお方で。お酒が入るとただもう、ねちねちと苛《いじ》めに掛かられて……、余りに大御内儀様がお可哀相で……」

「聞かねえ。おれは何も聞かねえ。その先は、吟味方に言え」

「実《まこと》のことでございます。嘘は申しません。手前としては、大御内儀様をただお助けしたい、その一心で……」

「縄を打て」

半六と隼が、作左衛門の左右に回り、縄を回した。

「待て。手だけにして、羽織で隠してやれ」

「へい」

半六が縛り終えるのを待ち、鍋寅が羽織を脱いで、作左衛門の手首に掛けた。

作左衛門が腰を折るようにして頭を下げた。

襖を開け、廊下に出た。

傾いた日差しが、廊下を滑るようにして差し込んでいた。

奥の一室の障子が細く開いているのが、日差しの中に見えた。

誰か、人がうずくまっていた。それが大御内儀であるらしいことは分かったが、表情までは光が邪魔して分からなかった。

伝次郎は気付かぬ振りをして、歩くようにと作左衛門を促した。

七

翌四月二十六日——。
伝次郎は、畑の土を掘り起こす鍬《くわ》の音で目が覚めた。

伊都が苗を植えているのだろう。

伝次郎を始め染葉や鍋寅らは、この日は昼九ツ（正午）に《寅屋》に集まることにしていた。

伝次郎は起き出すと、土間に降り、瓶《かめ》の水を桶に注ぎ、顔を洗い、口を漱《すす》いだ。

作左衛門の一件は、昨日のうちに定廻りに引き渡してしまっている。呼び出しがない限り、もうこの一件に関わることはない。それが、永尋掛りという役職であった。

木戸が開き、正次郎の声がした。稽古場から帰って来たらしい。

稽古場は、組屋敷の中程にあった。非番の者が集まって、剣術や捕縛術の稽古をするのである。

「お腹《なか》は？」

「減りました」

「義父上も起きられたようですから、皆で早お昼餉《ひる》にいたしましょう」

「お呼びして参ります」

飛び石を伝って来る足音がした。

「おはようございます」

戸障子が開き、正次郎が土間に入って来た。

「母上にな、直ぐに参ると伝えておいてくれ」

「分かりました」顔を引っ込めようとして、今夜は、と正次郎が言った。「一件落着のお祝いがあるのですね」

「そうだ。付き合うか」

「勿論です」

「帰りが遅くなると、母上に言うておくのだぞ」

「そっちのことよりも、先達、急いでくださいよ。腹減っているんで、とても待てませんからね」

「婆さんに線香上げたら直ぐ行く」

伝次郎は奥の三畳間に入り、仏壇の灯明を点け、線香を立てた。

小さく可憐《かれん》な花が、細い花瓶に生けられていた。伊都が、心を配り、生けてくれているのである。

掌を合わせ、経を手短に唱えてから、隠居部屋を出た。正次郎が膳のものを摘もうとしたのか、伊都の叱る声が聞こえた。

伝次郎は《寅屋》で茶を飲んでから、鍋寅と半六と隼に、正次郎を連れて市中に出た。

どこかに、追放刑を言い渡された者が、密かに舞い戻っていないとも限らない。それらの者を捕えるのも、追い払うのも、永尋掛りの役目のひとつだった。

道浄橋を渡り、伊勢町堀を南に下り、荒布橋の脇を通り過ぎようとして、女に呼び止められた。

「戻り舟の旦那」

「戻り……」伝次郎は目を丸くして、声の主を見た。

「登紀でございます」

「お前さんか」

登紀には、床下に潜り、客の話を盗み聞きしてもらったことがあった。お蔭で一件落着したと、お礼かたがた、鍋寅らを伴って《磯辺屋》に飲みに行ったのは二十日程前になる。話の座興に、戻り舟と言われた、と洩らしたのを覚えていたのだろう。

「驚いたぜ」

「日那らしくもございませんね」

「そうかな」

「そうでございますとも」

「この間は、長居して済まなかったな」

「とんでもないことでございます。また、お見回りのない時にでも、お遊びにいらしてくださいまし」

「ありがとよ。そのうちに寄せてもらうぜ」

女は腰を屈めると、後れ毛を手で掻き上げるような仕種をしながら、橋の向こうへと行ってしまった。

「旦那」と鍋寅が、登紀の後ろ姿に目を遣ってから言った。「必ずお供いたしやすからね。置いてけ堀はなしですぜ」

「ええのに見入られちまったな」

伝次郎が頭に手を当てていると、「あのぉ、旦那」と隼が言った。

「お登紀さん、旦那のことを、戻り舟の旦那って呼び掛けましたよね？」

「そうだ。確かにそう言った」鍋寅が楽しげに、隼に頷き返している。「そのうち、江戸の者が皆、そう呼ぶようになるかもしれねえぞ」

その日は、掏摸《すり》をひとり取り押さえただけで、大したことは起こらなかった。

夕七ツ（午後四時）の鐘を潮に、見回りを終え、竹河岸の《時雨屋》に向かった。

前日、女将の澄に言っておいたので、座敷の奥の一角を取っておいてくれた。

程よく酒が回ったところに、八十郎が遅れて来た。

「気になったので、奉行所に寄って百井様に訊いたのだが、あの道場主、駄目だったそうだ」

「逝っちまいましたか」伝次郎と染葉が、言葉を重ねた。

「俺も、腕が鈍ったものだ。寸の見極めが出来なくなった。年だな」

八十郎は微かに笑うと、剣を捨てるか、更に修行を積むか、飲んで忘れるかだが、お主ならいずれを選ぶ？

「飲んで忘れますな」伝次郎が答えた。

「ちとお主を見習ってみるか」

杯を呷ると、訊き忘れた、と八十郎が言った。

「番頭頭は、どうなった？」

伝次郎が鍋寅を見た。女将、熱いのを持って来てくんねえかい。鍋寅が澄に酒を頼んだ。はい。澄が、座を離れた。伝次郎が、口を開いた。

「作左衛門が先代殺しを白状しました。先代を諫めようとしたが、言うことを聞かないので、餅が咽喉につかえたように見せかけて殺し、それを知った女中をも殺した。それで、一件落着です」

「では、磔か……」八十郎が言った。「殺された秀だが、知ってしまったのは、先代殺しなのか、それとも当代の出生の秘密なのか、どっちなのだろうな？」

「作左衛門が先代殺しだと言っているのだから、それでいいでしょう」

「本当は先代を殺していないのかもしれぬのだぞ。知りたくはないのか」

「別に……」

「不義の子を生ませ、お店を乗っ取ろうとしたのかもしれぬとは考えぬのか」

「そのような男なら、秀の子に暖簾分けなどさせないでしょう」

かもしれぬな。八十郎が伝次郎に銚釐《ちろり》を差し出した。伝次郎は杯で受けると、口に含んだ。

「旦那を襲いさえしなければ、ばれなかったのに。馬鹿なものですね」半六が言った。

「それが悪事の果てなのよ」伝次郎が答えた。「ばれやしないかという脅えが、馬鹿なことをさせるんだ」

「悪いことは出来ねえもんだな」染葉が杯を干しながら言った。

「当代は」と鍋寅が訊いた。「番頭頭のことを知っているんですかね？」

「それはねえだろうよ。大御内儀だって言える話ではねえしな」

「番頭頭は、すべてを呑み込んだまま死のうって訳ですか」半六が訊いた。

「その道を、作左衛門は選んだんだ」伝次郎が答えた。

「本当だったんでしょうか」隼が言った。

「何が、ですか」正次郎が尋ねた。

「本当に、番頭頭が父親なのかと……」

「どういうことです？」

「おれも確かに似ていると思いましたが、そうだと白状した訳じゃありやせん。ひょっとすると、誰かを庇《かば》っているのかも……」

「そんなことは、どうでもいいんだ」伝次郎が言った。「本当のところは、生んだ当人しか分からないことなのだからな」

「それでよろしいんですか」

「とことん追い詰め、白日の下に晒すだけがお裁きじゃねえんだ。適当なところでよしとしなければならねえこともあるのさ」

三十五年経っちまったんだ、と伝次郎は言った。皆、それぞれの生き方をしちまっている。泣きを見るのは、少ねえ方がいいんだよ。

「お待たせしました。熱燗《あつかん》ですよ」

澄が盆に銚釐を並べて来た。

「待ってたぜ」鍋寅が早速手を出した。

「この一件も片が付いたので、一旦帰らねばならぬ」八十郎が、銚釐の酒を注ぎながら言った。

「こう言っては何ですが、帰っても誰もおられぬのなら、こちらで一緒にやりませんか」伝次郎が言った。

「それも考えたが、いるのだ」

「何が」

「待っている者が、だ」

「誰です？」染葉が訊いた。

「娘だ」

「ご息女が」染葉が言った。

「おられましたか」伝次郎が言った。

「十五年前にはおらなんだ。五つばかりの子が道場の前に捨てられておってな。俺が育てたのだ」

「すると二十歳。もう嫁がれて？」染葉が訊いた。

「いや、道場の代稽古をさせている」

「お強いので」

「強い。今では俺より上だろう。俺も時折ここに寄せてもらうが、娘にも江戸を見せてやりたい。こちらに寄越すので、用心棒にでも使ってくれ」

「性格は、どうです？　父上に余り似ておられると」伝次郎が訊いた。

「どういう意味だ？」

「皮肉のひとつも言うとか」

「いや、純朴そのものだ。ここにおいて少しは人の醜い面も見せてやらぬと、後々騙されぬかと心配でな。そのため来させるのだからな、丁重に扱ってくれよ」

「一ノ瀬さん」と伝次郎が言った。「まだ、少し皮肉屋ではありますが、昔の一ノ瀬さんより、人間が丸くなったような気がしていたのです。娘御のせいかもしれませんね」

「かもしれぬな」

「剣を習ってもよろしいでしょうか」隼が訊いた。

「頼む。喜ぶだろう」

「はい」

「私も習ってよろしいでしょうか」正次郎が訊いた。

「親父の許しをもらえたらな」伝次郎が言った。

染葉が、思い付いたように八十郎に娘の名を訊いた。

「真夏《まなつ》。一ノ瀬真夏という。夏の盛りに捨てられていたのだ」

参考文献

『江戸・町づくし稿　上・中・下・別巻』岸井良衞著（青蛙房　二〇〇三、四年）
『大江戸復元図鑑〈庶民編〉』笹間良彦著画（遊子館　二〇〇三年）
『大江戸復元図鑑〈武士編〉』笹間良彦著画（遊子館　二〇〇四年）
『資料・日本歴史図録』笹間良彦編著（柏書房　一九九二年）
『図説・江戸町奉行所事典』笹間良彦著（柏書房　一九九一年）
『江戸時代選書6　江戸町奉行』横倉辰次著（雄山閣　二〇〇三年）
『第一江戸時代漫筆　江戸の町奉行』石井良助著（明石書店　一九八九年）
『考証「江戸町奉行」の世界』稲垣史生著（新人物往来社　一九九七年）
『江戸の出合茶屋』花咲一男著（三樹書房　一九九六年）

注・本作品は、平成十九年二月、学研パブリッシング（現・学研プラス）より
刊行された、『戻り舟同心』を著者が大幅に加筆・修正したものです。

戻り舟同心

一〇〇字書評

切り取り線

購買動機（新聞、雑誌名を記入するか、あるいは○をつけてください）

□（　　　　　　　　　　　　　　）の広告を見て
□（　　　　　　　　　　　　　　）の書評を見て
□ 知人のすすめで　　　　　□ タイトルに惹かれて
□ カバーが良かったから　　□ 内容が面白そうだから
□ 好きな作家だから　　　　□ 好きな分野の本だから

・最近、最も感銘を受けた作品名をお書き下さい

・あなたのお好きな作家名をお書き下さい

・その他、ご要望がありましたらお書き下さい

住所	〒				
氏名		職業		年齢	
Eメール	※携帯には配信できません	新刊情報等のメール配信を 希望する・しない			

この本の感想を、編集部までお寄せいただけたらありがたく存じます。今後の企画の参考にさせていただきます。Eメールでも結構です。

いただいた「一〇〇字書評」は、新聞・雑誌等に紹介させていただくことがあります。その場合はお礼として特製図書カードを差し上げます。

前ページの原稿用紙に書評をお書きの上、切り取り、左記までお送り下さい。宛先の住所は不要です。

なお、ご記入いただいたお名前、ご住所等は、書評紹介の事前了解、謝礼のお届けのためだけに利用し、そのほかの目的のために利用することはありません。

〒一〇一‐八七〇一
祥伝社文庫編集長　坂口芳和
電話　〇三（三二六五）二〇八〇

祥伝社ホームページの「ブックレビュー」からも、書き込めます。
http://www.shodensha.co.jp/bookreview/

祥伝社文庫

戻《もど》り舟同心《ぶねどうしん》

平成28年2月20日　初版第1刷発行

著　者　長谷川《はせがわ》　卓《たく》
発行者　辻　浩明
発行所　祥伝社《しょうでんしゃ》
東京都千代田区神田神保町3-3
〒101-8701
電話　03（3265）2081（販売部）
電話　03（3265）2080（編集部）
電話　03（3265）3622（業務部）
http://www.shodensha.co.jp/

印刷所　堀内印刷
製本所　ナショナル製本
カバーフォーマットデザイン　中原達治

 ISBN978-4-396-34182-4 C0193